DIANA SALOW

ENGEL

QUÄLT MAN NICHT

KRIMI

Für Gabi,
die Krimis über alles liebte
und ihrem Leben
am 7. Juni 2014 selbst ein tragisches Ende setzte.

1. Auflage 2014

Kontakt: diana.salow@googlemail.com
Fotos: Diana Salow
© Cover by jdesign.at
Lektorat: D&Z Lektorat Schwerin

Inhalt

Kapitel 1

Gekaufte Liebe

„Thomas, du kannst hier nicht die ganze Nacht bleiben! Hörst du? Du hast nur für eine Stunde bezahlt und die ist längst um!“, mahnte Gina und schüttelte ihre rote Mähne zurecht. Während ihr Kunde langsam aufwachte, prüfte sie im Spiegel an der Decke den Sitz ihrer schwarzen Leder-Korsage und zog sich die halterlosen Strümpfe auf gleiche Höhe ihrer festen Oberschenkel. Gina war schlank und sah von den Damen, die Berger im Blue Angel kurz zuvor gesehen hatte, am wenigstens wie seine verstorbene Frau Ina und seine Kollegin Ellen Arnold aus. Allein unter diesem Aspekt hatte er Gina ausgewählt.

„Lass mich noch einen kleinen Augenblick hier liegen. Ich fahr gleich los und dann kannst du deinen nächsten Kunden empfangen“, bat Hauptkommissar Thomas Berger und starrte ebenfalls in den großen ovalen Spiegel, der an der Decke direkt über dem Bett montiert war. Die Flasche Sekt, die er fast allein ausgetrunken hatte, hatte ihn schon etwas angeschlagen. Vielleicht hätte er im Laufe des Tages doch eine Kleinigkeit essen sollen. Ihm war klar, dass er tatsächlich in einem Bordell gelandet war und er schämte sich dafür.

Berger kannte das Blue Angel in der Schweriner Ziegeleistraße nur von Erzählungen seiner Kollegen von der Sitte. Fast monatlich fand dort eine große Razzia statt. Die Personalausweise der Damen wurden kontrolliert und speziell ausgebildete Polizeihunde suchten nach Drogen. In den

Kellerräumen wurde vor zwei Monaten ein Poker-Abend, bei dem es um fünfstellige Einsätze ging, aufgelöst. Das Blue Angel war ansonsten das gepflegteste und bekannteste Etablissement von Schwerin. Diskretion und Sauberkeit des Hauses und erst recht der Damen hatten für den Bordell-Chef höchste Priorität. Nur er allein wählte die Frauen nach Aussehen, Herkunft, Haut- und Haarfarbe sorgfältig aus und warb mit ihnen auf der Homepage des Etablissements.

„Thomas, bitte, ich möchte nicht das Sicherheitspersonal rufen!“, bat Gina und hoffte, dass er sich endlich erheben würde. Sie hatte noch zwei angemeldete Stammkunden, die bald eintreffen würden. Es handelte sich nicht um Laufkundschaft, sondern um langjährige und spendable Gäste, die Gina auf keinen Fall an eine ihrer Kolleginnen verlieren wollte. Thomas war das erste Mal Gast des Hauses und niemandem bekannt. Gina spürte an seinem Verhalten, dass er vermutlich das erste und auch das letzte Mal ein Bordell aufgesucht hatte. Nach einem neuen Termin fragte er nicht. Ein Notfall, schlussfolgerte Gina.

Berger war endlich aufgestanden und zog seinen schwarzen Slip, seine Jeans und ein dunkelblaues Shirt über. Er fuhr sich mit den Händen durch sein kurzes Haar. Berger ging auf die fünfzig zu und war für sein Alter ein sehr attraktiver Mann, nach dem sich nicht nur die Frauen in seiner Dienststelle umdrehten. Sie fanden seine graumelierten Schläfen und seine tiefe warme Stimme reizvoll. Seine Körpergröße von fast zwei Metern, seine sportliche Figur und das intensiv duftende Aftershave waren auch Gina sofort aufgefallen.

Hundert Euro hatte Berger bereits vor Ginas Dienstleistung übergeben. Er schlüpfte in seine sportlichen Slipper und war sichtlich verlegen, dass er – der schon seit seiner Jugend als womanizer bekannt war – ein Bordell aufgesucht hatte. Jederzeit hätten seine Kollegen aus der Schweriner

Polizeiinspektion zu einer Razzia auftauchen können. Das wurde ihm bewusst, als er das Holster seiner Dienstwaffe anlegte und seine Lederjacke drüber zog. Gina erschrak und guckte ihn entsetzt mit ihren großen Augen an. Sie fragte sich plötzlich, ob er als Kunde im Blue Angel abgestiegen war oder ob er jetzt auf einmal seinen Dienstausweis hervorholt und eine Polizeiaktion startet. Sie hatte schon die seltsamsten Geschichten über Polizeieinsätze in Bordellen gehört.

Nichts wie weg hier, dachte Berger ein paar Minuten später, trat auf das Gaspedal seines Golfs und fuhr schnellstens nach Hause.

Kapitel 2

Einsamkeit

Berger war noch nicht ganz durch die Wohnungstür seines Einfamilienhauses, da klingelte sein Telefon. Er feuerte achtlos zwei Briefe auf den großen Stapel Post, der sich seit Wochen türmte, ging zur Kommode im Flur und nahm den Hörer ab.

„Ja, Berger hier“, meldete er sich und schaute prüfend in den Spiegel, der über der Kommode hing. Er beobachtete seinen Mund beim Sprechen und hörte seinem langjährigen Tennisfreund Ben zu.

„Schön, dass ich dich endlich erreiche. Ich habe schon so oft angerufen, nie warst du zu Hause!“, beschwerte Ben sich. „Wie geht es dir? Wollen wir nicht mal wieder ein Match spielen?“ Seine Stimme klang sorglos und unbekümmert.

„Ne, lass mal, Ben. Ich komme nicht mehr auf die Tennisanlage. Die Sache mit Lisa und das ganze Gequatsche im Club … Ich habe da keinen Bock mehr drauf“, antwortete Berger. „Gib mir noch etwas Zeit, ja? Ich melde mich bei dir, aber im Moment wird es absolut nichts. Nett, dass du angerufen hast, Ben. Sei mir nicht böse.“ Berger beendete das Telefonat rasch. Er hatte keine Lust, mit seinem Tennisfreund zu diskutieren. Der tragische Tod seiner Tennisfreundin Lisa saß noch zu tief in seinem Gedächtnis.

Berger ging in die Wohnstube und holte eine Flasche Jim Beam aus der Anrichte. Er goss einen Whisky ins Glas und setzte sich auf die große Ledercouch. Als es das Glas zum Mund führte, roch er an seiner Hand das aufdringliche

Parfüm von Gina und rümpfte angewidert die Nase. Seine verstorbene Frau Ina hätte sich nie in so eine billig riechende Wolke gehüllt, dachte er traurig. Und seine ehemalige Kollegin Ellen, die mit ihm eine Affäre begonnen hatte und seit zwei Monaten in der Untersuchungshaft in Waldeck saß, benutzte gar kein Parfüm.

Berger goss sich einen zweiten Whisky ein. Diesmal war es ein Doppelter. Er schluckte ihn in einem Zug hinunter und schüttelte sich. In Gedanken sah er Ellens Bild vor sich. Er mutmaßte, wie es wohl in sieben Monaten sein würde, wenn er zum ersten Mal Vater eines Jungen oder Mädchens würde. Vater eines Kindes, das er beim Fremdgehen zeugte und nie gewollt hatte. Er hatte gehofft, dass Ellen verhütet, und sich darüber überhaupt keine Gedanken gemacht. Berger seufzte. Es würde das Kind einer krankhaft eifersüchtigen Mutter sein, die vor kurzem nicht nur seine Frau Ina, sondern auch seine Tennisfreundin Lisa vorsätzlich getötet hatte. Er schwankte in seinen Gefühlen hin und her. Einerseits konnte das Ungeborene nichts für seine Eltern und andererseits würde es das Kind einer Mörderin sein, die auf ihren Prozess wartete und schon im Gefängnis saß. Nur um ein Haar hatte das SEK verhindert, dass Ellen nicht auch Berger getötet hatte. Dann wäre ihr gemeinsames Kind schon Halbwaise, bevor es den ersten Schrei von sich gegeben hätte.

Berger schraubte den Verschluss der Whisky-Flasche ein drittes Mal ab und trank einen großen Schluck. Diesmal direkt aus der Flasche. Jetzt fühlte er sich besser. Ein wohliges Gefühl machte sich in seinem Körper breit. Langsam zog er seine Sachen aus, warf alles auf einen Sessel und legte sich auf die Couch. Nach einem letzten prüfenden Blick auf sein Handy legte er es auf den Tisch. Nach ein paar Minuten schlief er fest ein. Er lag auf dem Rücken und schnarchte mit weit geöffnetem Mund. Leise stöhnend wälzte sich sein Körper von einer unbequemen Lage in eine noch unbequemere. Die Kissen flogen beim Drehen von der Couch auf den Boden. Stunden später schaute er auf sein Handy. Zum Glück konnte er noch eine halbe Stunde lang schlummern, um dann pünktlich um acht Uhr seinen Dienst in der Schweriner Polizeiinspektion zu beginnen.

Es war bereits 9.30 Uhr, als Berger plötzlich aufwachte und hochschreckte. Er nahm sein Handy vom Tisch und wollte sich vergewissern, wann es klingeln würde.

„Mist!“, schrie Berger und saß senkrecht auf der Couch, als er sah, dass der Akku leer war und gar nichts mehr auf dem Display zu erkennen war. Er hatte 7.00 Uhr als ständige Weckzeit eingestellt und war sich nun auch nicht mehr sicher, ob er den Weckton überhaupt aktiviert hatte. Schnell nahm er seine Sachen und rannte ins Bad. Für eine Dusche und eine Rasur fehlte die Zeit. Die Zahnpastatube war leer und lag ausgequetscht am Waschbeckenrand. So spülte er sich schnell den Mund mit Wasser aus, ohne die Zähne richtig zu putzen. Er zog sich an, fuhr mit den Händen fix durch sein Haar und rannte zur Küche. Hungrig guckte er in den Kühlschrank, in dem nur ein paar Scheiben Käse lagen, die sich bereits wellten. Ein fast leeres Glas Leberwurst stand da, auf dem sich ein hellgrüner, pelziger Schimmelbelag gebildet hatte. Wer sollte auch einkaufen, wenn nicht ich, fragte er sich. Er schlug die Kühlschranktür zu und machte sich auf den Weg zur Arbeit.

Im Auto, in Richtung Dienststelle unterwegs, sah Berger auf seine Oberschenkel und entdeckte mehrere Schmutzflecken auf der Jeans. Den einen Tag geht sie wohl noch, oder hätte ich doch eine frische Hose anziehen sollen, dachte Berger. Er erinnerte sich, wie liebevoll Ina ihm morgens das Frühstück auf den Tisch gestellt und ihm immer ein deftiges Stullenpaket mit einem Apfel mitgegeben hatte, da sie nie wusste, wann er nach Hause kam und ob er mittags Zeit hatte, sich in der Kantine zu versorgen. Manchmal, ganz zu Beginn ihrer Beziehung, hatte Ina in die Brotdose kleine Zettel mit liebevollen Botschaften hineingelegt.

Hastig schloss er sein Handy an das Ladekabel in seinem Wagen an und drückte auf den Knopf der Freisprechanlage. Er rief seine Sekretärin in der Dienststelle an.

„Guten Morgen, Berger hier. Ich war heute Morgen schon bei der Staatsanwaltschaft am Bleicher Ufer und komme daher etwas später ins Büro“, log Berger seine Sekretärin an, um Zeit zu gewinnen und nicht unangenehm aufzufallen.

„Okay, bis gleich“ verabschiedete sich seine Mitarbeiterin. Nach einer Viertelstunde stand Berger im Büro vor ihr. Um Gottes willen! Wie sieht der denn aus? Der kommt niemals von der Staatsanwaltschaft, dachte sie, als sie Berger begrüßte und ihm seine Jacke abnahm. Die Jacke roch nach Schweiß und Nikotin. Berger hatte noch Schlaffalten auf der Wange, und die Bartstoppeln ließen sein Gesicht viel herber wirken als sonst. Ihr Blick fiel auf die schmuddelige Jeans ihres Chefs und sein zerknittertes Shirt. Was ist bloß aus ihm geworden, dachte sie traurig, ging aus dem Büro und kochte ihrem Chef erst einmal einen starken Kaffee.

Berger saß an seinem Schreibtisch und überflog die Nachrichten der Leitstelle auf dem Monitor, um sich ein Bild zu machen, was in der vergangenen Nacht in Schwerin vorgefallen war. Kurze Zeit später betrat Kriminaldirektor Wegner, Bergers Chef, das Büro.

„Kommst du auch noch? Wir haben dich in der Morgenrunde vermisst!“, wetterte er los. „Sag mal, wie siehst du überhaupt aus? Hast du die Nacht auf einer Bank im Schlossgarten verbracht?“ Er nahm kein Blatt vor den Mund.

„Nein. Natürlich nicht“, antwortete Berger. „Ich hatte eine Autopanne.“ Während er seinen Chef mit einer weiteren Notlüge abspeiste, bemerkte er gar nicht, wie seine Sekretärin mit einer dampfend heißen Tasse Kaffee ins Büro zurückkam. Sie hörte von der Autopanne und war verwundert. Warum hatte ihr Chef sie eben angelogen, als er behauptete, schon bei der Staatsanwaltschaft gewesen zu sein, fragte sie sich und das mit der Autopanne stimmt sicherlich auch nicht.

Wegner verließ das Büro, da sein Handy klingelte. Das ununterbrochene Klingeln ersparte Berger eine längere Strafpredigt. Beim Hinausgehen nickte er Berger zu und gab ihm mit einem Wink zu verstehen, dass er gleich nachkommen sollte.

Berger nahm seiner Sekretärin den Kaffeebecher ab und trank gleich einen Schluck.

„Puh, ist der noch heiß." Berger stellte die Tasse zitternd ab. „Sag mal, haben wir noch Kekse, einen Schokoriegel oder irgendetwas zu essen hier?", fragte er und sah seine Sekretärin an.

„Ich gehe in die Kantine und hole dir zwei Mettbrötchen, dann sieht die Welt gleich anders aus", bot seine Sekretärin an. Berger tat ihr leid. Hungrig und in so einem ungepflegten Zustand hätte Ina ihren Mann niemals zur Arbeit fahren lassen.

Berger saß und starrte auf seinen Schreibtisch. Er blickte auf das große eingerahmte Farbfoto seiner Frau. Ein Schnappschuss auf dem Oberdeck der AIDA bella von der gemeinsamen Dubai-Rundreise. Ina sah so glücklich und unbekümmert mit ihrem leicht gebräunten Teint aus. Was für eine tolle Frau, dachte er. Warum bloß hatte er sich auf eine Affäre mit seiner Kollegin Ellen eingelassen, fragte er sich. Das bisschen Sex … mehr war es doch nicht, gestand Berger sich ein. Warum nur hatte er nie seiner Frau seine sexuellen Vorlieben näher gebracht? Fehlte ihm der Mut? Er wusste es nicht …

Berger hatte den Kaffee noch nicht ausgetrunken, da zog er ein Schubfach seines Schreibtisches auf und holte eine halb volle Cola-Flasche heraus. Schnell schraubte er die Flasche auf und goss einen Schluck in den heißen Kaffee. Es war jedoch keine Cola, sondern Whisky. Er hatte sich vorgestern eine Flasche Whisky im Supermarkt gekauft und in seiner Aktentasche mit ins Büro genommen. Gestern war die Flasche schon so weit geleert, dass er den Whisky in die leere Cola-Flasche umfüllen konnte. Morgen werde ich mal eine andere Whiskysorte ausprobieren, dachte er sich.

Er lehnte sich in seinen Stuhl zurück, sah aus dem Fenster auf den Baumarkt gegenüber und trank in aller Ruhe seinen Kaffee aus. Dann widmete er sich der Akte, die auf seinem Schreibtisch lag. Dass er zu seinem Chef kommen sollte, hatte er vergessen.

Kapitel 3

In der Untersuchungshaft

Ellen saß in der Justizvollzugsanstalt Waldeck in ihrer Zelle, die etwa 13 Quadratmeter ausmaß. Sie war jetzt im vierten Monat schwanger. Obwohl nicht einmal eine Wölbung zu sehen war, legte sie beide Hände auf ihren Unterleib. Abwesend schaute sie auf das Fenster. Das einfallende Sonnenlicht wurde durch die Gitterstäbe durchbrochen und bildete ein doppeltes Kreuz auf dem Steinfußboden der karg eingerichteten Zelle. Müde hing sie ihren Gedanken nach. Zum tausendsten Mal: Warum habe ich Ina und Lisa, Bergers Frau und seine Tennisfreundin, getötet? Warum habe ich einen Doppelmord begangen, fragte sie sich. Und woher kam diese krankhafte Eifersucht? Wurde sie nicht von vielen Männern begehrt und manchmal mit wollüstigen Blicken verschlungen? Wie viele Freundinnen, Schulkameradinnen und Kolleginnen hatten sie um ihr Aussehen beneidet? Hatte sie überhaupt irgendeinen Makel an sich?

Erschöpft ließ sie sich auf ihr schmales Bett fallen. Sie hatte die lange und einsame Nacht damit verbracht, immer wieder von der Bettkante auf den Boden zu springen, um so eine Fehlgeburt auszulösen.

Nein, sie wollte dieses Kind nicht! Was ihr als Mörderin bevorstand, das sollte es später niemals erfahren. Sie fand die Vorstellung, dass es an seinem 18. Geburtstag von fremden Menschen erfahren könnte, dass seine Mutter eine Mörderin war, geradezu unerträglich.

Für eine Abtreibung war es bereits zu spät. Ellen war

längst über die zwölfte Woche hinweg. In ihrer blanken Verzweiflung hat sie nachts sogar den großen Esslöffel, den sie heimlich nach einer Mahlzeit versteckt hatte, tief in ihre Scheide eingeführt, um ihren Gebärmuttermund zu verletzen. Der Versuch blieb ohne Erfolg. Ellen war nicht einmal morgens übel. Sie kam nicht umhin, sich vorzustellen, wie ihr Leben aussähe, wenn sie nicht gemordet hätte. Sicherlich wäre sie als werdende Mutter mit ihren Glücksgefühlen im Himmel auf Wolke sieben unterwegs.

Die Zellentür wurde von einer Vollzugsbeamtin geöffnet. Sie schaute Ellen an und prüfte die Zelle. Ihr Blick wanderte über das Bett, vom Tisch zum Stuhl und zuletzt zur Toilette.

„Frau Arnold, Sie haben jetzt eine Stunde Freigang im Innenhof. Kommen Sie!“, wurde sie von der Beamtin in barschem Ton aufgefordert. Ellen erhob sich und schlurfte ihr kraftlos hinterher.

Im Innenhof standen bereits mehrere Frauen in kleinen Grüppchen. Einige von ihnen sahen ziemlich heruntergekommen und verlebt aus, anderen wiederum sah man nicht an, dass sie straffällig geworden waren.

„Eh, guckt mal, da kommt unser Blondchen. Waldecks next Top-Model! Unsere Mörderin mit dem Engelshaar. Morgen ist der Zopf ab, Rapunzel. Da kannst du dich drauf verlassen!“, rief eine der Inhaftierten, die um sie herum versammelt waren. Alle lachten und amüsierten sich auf Ellens Kosten, die vor ihren Mitgefangenen Angst hatte. Sie blieb deshalb in Sichtweite der diensthabenden Beamtin. Tief die frische Luft einatmend, versuchte Ellen, ein wenig zu entspannen. Es gelang ihr nicht. Dass sie selbst einmal in dem Gefängnis landen würde, in das sie schon viele Verbrecher gebracht hatte, hätte Ellen niemals für möglich gehalten. Schweißperlen sammelten sich an ihrem Haaransatz und auf der Stirn. Ihr wurde schwarz vor den Augen und sie taumelte ein paar Schritte vor sich hin. Plötzlich sackte Ellen kraftlos zu Boden. Sie lag regungslos und gekrümmt auf den Steinplatten im Innenhof und hörte gerade noch, wie zwei Justizvollzugsbeamtinnen zu ihr liefen und veranlassten, dass Ellen umgehend auf die Krankenstation gebracht wurde. Auf dem Weg dahin sprachen sie die Bewusstlose laut an und klopften ihr immer wieder vorsichtig an die Wange.

„Wir müssen den Notarzt rufen!", schrie eine junge und noch unerfahrene Beamtin.

„Ach, die kommt schon wieder zu sich. Das ist die Aufregung", erwiderte die Ältere von beiden.

„Guck mal, wie die Platzwunde an ihrem Kopf blutet!", gab die junge Beamtin misstrauisch zu bedenken.

Nach einer Viertelstunde wachte Ellen in einem Krankenbett auf und sah den an ihrer linken Armbeuge befestigten Tropf. Am Kopf fühlte sie mit der rechten Hand einen festen Verband.

„Wie geht es Ihnen, Frau Arnold?", fragte die Gefängnisärztin, die an Ellens Bett stand.

„Habe ich mein Kind verloren?", war Ellens erste Frage.

„Sie sind schwanger? … Das wusste ich ja gar nicht. Warum haben Sie das nicht bei ihrer Aufnahme hier gesagt?", fragte die Ärztin verunsichert. „Wir werden einen Termin mit einer Gynäkologin vereinbaren und Sie untersuchen", beruhigte die Ärztin sie.

„Meinen Sie, ich könnte nach Schwerin gebracht werden? Ich werde doch in ein paar Tagen in die JVA nach Lübeck verlegt. Als Polizeibeamte darf ich nicht in dem Bundesland, in dem ich als Polizistin gearbeitet habe, ins Gefängnis kommen. Ich habe eine sehr nette und kompetente Frauenärztin, zu der ich gern möchte. Es ist Frau Dr. Lea Engel in der Mecklenburgstraße. Bitte, ich möchte zu der Ärztin und zu keiner anderen", flehte Ellen. Dabei fasst sie sich an ihre Stirn, denn sie bekam plötzlich pochende Kopfschmerzen.

„Ich werde das mit der Gefängnisleitung besprechen. Jetzt versuchen Sie erst einmal etwas zu ruhen." Mit diesen Worten verabschiedete sich die Ärztin von Ellen und gab der diensthabenden Krankenschwester die Anweisung, genauestens auf den Kreislauf der Patientin zu achten.

„Sie ist schwanger. Wir müssen deshalb besonders sorgfältig sein. Bitte beachten Sie das und informieren Sie mich sofort, sollten Unterleibsschmerzen oder Blutungen auftreten." Die Ärztin verließ die Krankenstation und machte sich direkt auf den Weg zum Gefängnisdirektor, um die Bitte von Ellen Arnold vorzutragen.

Kapitel 4

Polizeieinsatz

Thomas Berger hatte sich am Vormittag durch mehrere Ermittlungsakten gelesen, als seine Sekretärin plötzlich die Tür aufriss. Sie wedelte aufgeregt mit ihren Armen vor ihrem etwas fülligen Körper.

„Thomas, du musst sofort los. Die Leitstelle hat gerade angerufen. Wo ist dein Handy? Niemand erreicht dich!", kritisierte sie ihn.

„Ach Gott, mein Handy ist noch am Ladekabel in meinem Wagen angeschlossen. Ich hole es sofort", gab er betreten von sich. Er zog sein Shirt in Form und achtete darauf, die Cola-Flasche mit der dunkelbraunen Flüssigkeit wieder fest zuzuschrauben und in der Schublade verschwinden zu lassen.

„Was ist passiert?", fragte er seine Mitarbeiterin im Vorbeigehen.

In der Goethestraße ist eine Frau aus dem Fenster gestürzt. Ob Suizid oder Mord, das weiß die Leitstelle bisher noch nicht", bekam er als Antwort.

Berger fuhr mit seinem Dienstwagen direkt in die Innenstadt und parkte an der Straßenbahnhaltestelle „Schlossblick". Es warteten bereits fünf Straßenbahnen hintereinander, da die Leiche direkt auf dem Gleisbett lag. Der Unfallort war großräumig durch rotweißes Plastikband abgesperrt. Schaulustige sammelten sich um das Geschehen. Sie versuchten einen Blick zu erhaschen, um zu erahnen, was sich hinter der Decke abspielte, die zwei Polizeibeamte um die verunglückte Frau als Sichtschutz hielten.

Die Frau lag da und der herbeigerufene Notarzt versuchte mit aller Kraft, sie zu reanimieren. Vergeblich. Der Arzt brach nach ein paar Minuten alle Maßnahmen ab. Sie war tot. Der Notarzt deckte den durch den enormen Aufprall schwerverletzten Körper und die ausgetretenen Körperflüssigkeiten ab.

„Weiß man schon, wie sie heißt und aus welchem Fenster oder von welchem Balkon sie gestürzt ist?“, fragte Berger. Dabei schaute er an der Fassade des modernen Mietshauses hoch. Aus seiner Sicht konnte Berger nichts Auffälliges erkennen.

Ein älterer Herr saß auf einer Steinstufe neben dem Hauseingang. Sein Gesicht war blass und er zitterte. Der Notarzt ließ ihn in den Rettungswagen bringen und diagnostizierte einen schweren Schock. Er spritzte ihm sofort ein Beruhigungsmittel.

„Der Mann ist nicht in der Lage, eine Aussage zu machen. Ob ihn der Anblick der toten Frau oder sogar schon das Beobachten, wie sie auf die Straße aufschlug, den Schock verursacht hat, kann ich Ihnen nicht sagen“, informierte der Notarzt Hauptkommissar Berger. „Wir müssen ihn auf jeden Fall zur Beobachtung mit in die Klinik nehmen.“

Berger begab sich in das Haus, vor dem der Alte saß. Nacheinander klingelte er an den Wohnungstüren und befragte die Bewohner, ob sie etwas gesehen hätten. Niemand hatte jedoch mitbekommen, wie die Frau ums Leben kam. Sie wussten lediglich zu berichten, dass Gisela Harder im dritten Stock allein wohnte.

Ein herbeigerufener Schlüsseldienst hatte die Tür der Toten bereits geöffnet.

Berger zog seine Handschuhe an und ging durch die Wohnung, die einen leicht verwahrlosten Eindruck machte. Es roch muffig. Das Fenster, aus dem die Frau gesprungen war oder gestoßen wurde, stand weit offen. Die Gardine bewegte sich sanft durch den Wind hin und her. Auf dem Wohnzimmertisch lagen alte schwarzweiße Familienfotos. Was war hier geschehen, fragte Berger sich, nachdem er die leicht vergilbten Fotos nachdenklich betrachtet hatte.

Nach weiteren Befragungen der Nachbarn stellte sich heraus, dass die verunglückte Frau sehr zurückgezogen lebte, im Museum am Alten Garten als Reinigungskraft arbeitete und kaum mit jemandem aus dem Haus Kontakt hatte. Eine Nachbarin konnte berichten, dass Frau Harder vor kurzem ihre Eltern und ihren Ehemann bei einem schweren Verkehrsunfall verloren hatte. Die drei seien auf der Autobahn unmittelbar vor Hamburg mit ihrem Wagen ins Schleudern geraten. Es überschlug sich, stürzte einen Hang hinunter und ging sofort in Flammen auf. Alle Insassen waren bis zur Unkenntlichkeit verbrannt. Kinder hatte die Tote nicht.

„Mir ist nur aufgefallen, dass es vorhin ziemlich laut in der Wohnung war. Sonst hörte man sie kaum. Ich bin mir aber nicht sicher, ob der Fernseher lief oder ob es ein Streitgespräch war“, mutmaßte die Nachbarin.

„Ist Ihnen sonst noch irgendetwas aufgefallen?“, fragte Berger.

„Nein“, antwortete die Nachbarin.

Ein Beamter der Spurensicherung kam zu Berger: „Wir finden keinen Ausweis und keine Kreditkarten. Ansonsten können wir erst einmal nichts Bedeutsames feststellen.“

Auf dem Tisch lag ein Fotoapparat. Berger klickte die Digitalfotos schnell durch und stellte fest, dass hauptsächlich das Museum als Motiv auf den Bildern zu sehen war. Er nahm die kleine Kamera mit und wollte sich die Fotos später noch einmal genauer anschauen.

„Es sieht nicht gerade aus, als wäre die Tote vermögend. Aber das mag ja täuschen. Ist schon etwas seltsam auf den ersten Blick“, seufzte Berger.

Berger nahm sein Handy aus der Hosentasche und rief seine Sekretärin an.

„Ich bin's. Ich lasse die Leiche in die Rechtsmedizin bringen. Wir warten den Obduktionsbefund ab." Berger gab ihr noch den Namen und die Wohnanschrift der Toten durch und beauftragte sie, nach weiteren Angehörigen zu suchen. Eltern und Ehemann könne sie bei der Suche ausschließen, weil sie angeblich vor kurzem verstorben sind. Sie sollte Erkundigungen beim Einwohnermeldeamt einholen, ob es vielleicht Geschwister gab, die benachrichtigt werden mussten.

Da Berger fast in der Innenstadt war, ließ er seinen Wagen kurz stehen und ging die Goethestraße zu Fuß in Richtung Marienplatz. Es war ziemlich heiß und er stellte etwas angewidert fest, dass er seinen säuerlichen Schweiß schon selbst an sich roch. Der sonst so penible und äußerst gepflegte Berger schämte sich. Er ging in einen Drogerie-Discounter an der Ecke Schlossstraße, nahm das nächstbeste Deodorant aus dem Regal und sprühte damit schnell unter seinem Shirt in Richtung Achselhöhlen. Eine Verkäuferin beobachtete dies und stellte ihn zur Rede.

„So geht das aber nicht! Das ist kein Tester, mein Herr!", und stellte sich ihm in den Weg.

Berger schaute sie erschrocken an und entschuldigte sich. Er bezahlte das Deo und verließ peinlich berührt den Discounter. Zügig machte er sich auf dem Weg zu einem Geldautomaten, um Bargeld für das bevorstehende Wochenende abzuheben. Im Schaufenster der Commerzbank, gegenüber der Backfactory, hingen diverse Immobilienangebote aus. Flüchtig schaute er sich die zum Kauf angebotenen Häuser an und erwog einen Augenblick lang, sein Haus in der Dr.-Hans-Wolf-Straße zu verkaufen und aufs Land zu ziehen. Der Großstadttrubel, den er vor zehn Jahren noch liebte, nervte ihn zunehmend. Vor allem ertrug er es nicht mehr, in dem Haus, das er viele Jahre mit Ina bewohnt hatte, allein weiterzuleben.

Berger schwitzte und kehrte auf dem Rückweg zur Polizeiinspektion, nachdem er 200 Euro vom Bankautomaten geholt hatte, in einen kleinen italienischen Schnellimbiss ein. Er bestellte sich eine große Thunfisch-Pizza mit extra viel Knoblauch.

„Dazu können Sie mir gleich einen doppelten Grappa bringen!", rief er der netten Bedienung hinterher. Berger schaute auf sein Handy. Niemand vermisste ihn und eine Mittagspause stand ihm zu, beruhigte er sich und trank den Grappa in einem Zug aus. Während er seine Pizza mit Genuss verzehrte, dachte er an Ina. Sie war eine hervorragende Köchin. Beide liebten die mediterrane Küche und waren häufig Gast bei ihrem Lieblingsitaliener Brinkama in der Lübecker Straße. Das gemütliche Restaurant vor den Bahngleisen zum Hauptbahnhof war ein Geheimtipp und wurde nicht nur von Einheimischen, sondern auch von Touristen immer gut besucht. Die nette Inhaberin kannte ihre Stammgäste alle mit Namen und ließ es sich nie nehmen, diese auch persönlich zu begrüßen. Beim letzten Besuch vor ein paar Monaten hatte Familie Berger sogar eine gute Flasche Chianti geschenkt bekommen, als die Chefin in einem Gespräch mitbekam, dass Ina Geburtstag hatte.

„War alles zu Ihrer Zufriedenheit? Noch ein Tiramisu als Dessert?", fragte die junge Kellnerin überaus freundlich und erhoffte sich damit ein kleines Trinkgeld.

„Ja, sehr. Aber statt des Tiramisus trinke ich noch etwas", antwortete Berger und starrte auf das reizvolle Dekolleté der hübschen jungen Frau.

„Einen Espresso?", fragte sie, von seinen Blicken geschmeichelt.

„Nein. Bringen Sie mir bitte zum Abschluss noch einen doppelten Grappa und auch gleich die Rechnung dazu", forderte er sie freundlich auf.

Nach einer halben Stunde verließ Berger den Imbiss und fuhr zur Dienststelle zurück.

Er hatte einen kräftigen Schluckauf, als er sein Büro betrat.

„Mensch, wo warst du denn so lange?“, fragte seine Sekretärin, die über ihre eigene Wortwahl und den barschen Ton erschrak.

„Wieso? Was ist denn?“, fragte Berger genervt. Er war vom Essen und den vier Grappa müde und träge.

„Wegner war hier und wollte wissen, was in der Goethestraße genau los war. Ich konnte ihm nur die Details sagen, die ich von dir wusste. Dann ist er heute, und das war schon das zweite Mal, wütend abgezogen. Er hatte dich bereits in der Morgenrunde vermisst. Du sollst sofort zu ihm kommen!“, ermahnte sie Berger, der sich gleich auf den Weg machte.

„Komm rein!“, rief Dirk Wegner, als Berger an die halboffen stehende Tür klopfte und ihn durch den Türspalt schon sah.

Unaufgefordert nahm Berger am Besprechungstisch Platz.

„Sag mal, wie riecht das denn hier?“, fragte Wegner und runzelte irritiert die Stirn.

„Ich habe eine Thunfisch-Pizza mit ganz viel Knoblauch gegessen“, antwortete Berger grinsend.

„Das riecht nicht nach Knoblauch, sondern nach Fusel!“, donnerte sein Chef zurück. „Thomas, ich kann dich jetzt pusten lassen! Das weißt du, nicht wahr?“ Er ließ die Frage im Raum stehen, da beide das Ergebnis schon wussten, wenn Thomas Berger in ein Alkoholmessgerät hätte blasen müssen. Es war still. Niemand sagte etwas. Berger wollte nicht lügen und Wegner überlegte einen Moment.

Schließlich sprach er: „Thomas, wir kennen uns nun schon so viele Jahre. Du bist mein bester Mann und es tut mir in der Seele weh, was Ellen dir angetan hat. Ich kann es immer noch nicht fassen, dass deine Assistentin deine Frau und deine Tennispartnerin Lisa vorsätzlich getötet hat."

Thomas wurde feuerrot im Gesicht. Seine Hände, die auf seinen Oberschenkeln lagen, begannen zu zittern.

„Das ist leider noch nicht alles, Dirk!", gab er kleinlaut zurück. „Ich hatte mit Ellen eine Affäre und sie ist von mir schwanger!" Berger beobachtete Wegner, dessen Unterkiefer nach unten klappte. Mit geöffnetem Mund stand dieser da und glaubte nicht, was er soeben von seinem besten Ermittler gehört hatte.

Nach einem Moment sprach er ihm eine mündliche Verwarnung aus und bat ihn auf väterliche Art, sein Schicksal und seine Probleme nicht weiter im Alkohol zu ertränken. Er wies Berger an, sich sofort nach Hause fahren zu lassen und am nächsten Tag pünktlich um 8.00 Uhr frisch und gepflegt in der Morgenrunde zu erscheinen.

„Du fährst heute nicht noch ein zweites Mal angetrunken durch die Gegend, hörst du!", drohte er ihm. „Mach, dass du jetzt nach Haus kommst! Und komm mir nicht noch mal mit einer Fahne zum Dienst! Hast du verstanden!"

Berger stand auf und war erleichtert, dass das Gespräch beendet war und kein Disziplinarverfahren nach sich zog. Er atmete tief ein und ging langsam in sein Büro, griff rasch seine Sachen und verließ das Polizeigebäude, ohne sich von seiner Sekretärin zu verabschieden. Sich in seinem Zustand von einem Kollegen nach Hause fahren zu lassen, war ihm zu peinlich. Vor dem Haupteingang wartete er auf ein Taxi, das er beim Hinausgehen telefonisch bestellt hatte.

Kapitel 5

Gespräche

„Frauenarztpraxis Dr. Engel. Sie sprechen mit Schwester Hilde. Was kann ich für Sie tun?“, meldete sich die Ambulanz-Schwester vorschriftsmäßig am Telefon.

„Hier ist Lotti, Schwester Hilde. Können Sie mich bitte mal mit meiner Mama verbinden?“, bat die junge Dame am anderen Ende der Leitung.

„Ist es sehr dringend? Deine Mutter behandelt gerade eine Patientin und möchte nicht gern in ihrer Sprechstunde gestört werden. Das weißt du doch!“ Sie hoffte, mit dieser Aussage die Tochter ihrer Chefin abzuwimmeln, was ihr jedoch nicht gelang.

„Bitte, stellen Sie mich durch. Es dauert auch nur einen kleinen Augenblick!“, erwiderte Charlotte Engel, die fast 18-jährige Tochter von Frauenärztin Dr. Lea Engel. Schwester Hilde drückte auf die Taste für Leitung eins und stellte das Telefonat ins Behandlungszimmer.

Nach fünfmaligem Klingeln nahm die Ärztin endlich den Hörer ab.

„Was gibt es denn so Dringendes?“, fragte sie. „Ich habe eine Patientin auf dem Stuhl und bereite gerade den Abstrich vor. Wir hatten doch vereinbart, dreimal klingeln lassen und wenn ich dann nicht rangehe, geht es gerade nicht. Ich habe sterile Instrumente in den Händen und kann nicht laufend vom Stuhl zum Schreibtisch hin und her springen.“

„Entschuldigung. Das weiß ich, aber Ihre Tochter ist

am Telefon. Es sei dringend." Die Schwester legte am Tresen den Hörer auf, rollte genervt mit den Augen und widmete sich der nächsten Dame, die einen Termin zur Blutentnahme hatte. Hektik konnte Schwester Hilde nicht leiden. Sie stand auf und öffnete erst einmal das Fenster im Wartezimmer. Sie schaute auf den Boulevard in der Mecklenburgstraße hinunter, auf dem schon zahlreiche Menschen unterwegs waren.

Die Frauenärztin entschuldigte sich bei ihrer Patientin, die auf dem gynäkologischen Stuhl mit gespreizten Beinen lag und unruhig die Decke anstarrte.

„Was gibt es denn so Wichtiges, Lotti? Ich habe zu tun!", drängte Lea.

„Der Fahrdienst von den Johannitern ist nicht gekommen und ich muss mir ein Taxi zum Museum nehmen. Das kostet von Wittenförden bis zum Alten Garten mindestens 20 Euro. Ich konnte kein Bargeld zu Hause finden und wollte fragen, ob der Taxi-Fahrer vom Museum zu deiner Praxis kommen kann und du ihm meine Fahrt dann bezahlst? Ich gebe ihm als Pfand meinen Personalausweis mit. Dann tauscht ihr Geld gegen Ausweis. Einverstanden?", schlug sie ihrer Mutter vor.

„Natürlich und deswegen rufst du an? Das hättest du auch mit Schwester Hilde abklären können. Denk dran, dem Taxi-Unternehmen am Telefon zu sagen, dass du einen Rollstuhl hast, der transportiert werden muss", erinnerte Lea ihrer Tochter.

„Ja, ja, ich bin doch nicht blöd. Ich wollte dich nur wegen des Geldes fragen. Entschuldige, wenn ich dich wieder mal gestört habe", dann legte Lea maulig den Hörer auf und bestellte sich ein Taxi zu 9.30 Uhr.

Charlotte Engel, die von ihren Freundinnen Lotti genannt wurde, hatte ein ausgezeichnetes Abitur am Fridericianum abgelegt. Sie besuchte die Hochbegabtenklasse des

„Fritz“, wie man das Gymnasium umgangssprachlich in der Landeshauptstadt nennt. Es ist ein altehrwürdiges Gymnasium, das 1553 gegründet wurde. Lotti ist seit vielen Jahren querschnittsgelähmt, was sie an den Rollstuhl fesselt. Obwohl ihre Mobilität im Vergleich zu ihren gesunden Klassenkameradinnen stark eingeschränkt war, galt sie immer als beliebte Mitschülerin. In der Zeit, die andere Teenager in der Disko tanzten oder in der Innenstadt von Schwerin mit Freunden verbrachten, lernte Lotti für die Schule. Intelligenz gepaart mit unermüdlichem Fleiß, das ließ sie seit zwei Jahren am Schuljahresende als Klassenbeste dastehen. Charlotte Engel war bildhübsch. Sie hätte auch gern wie ihre Freundinnen nebenbei in Boutiquen gejobbt und als Modell an der Designschule Schwerin gearbeitet. Sie saß jedoch im Rollstuhl und hatte sich im Staatlichen Museum um einen Praktikumsplatz beworben. Im Oktober wollte sie ein Studium für Kunstgeschichte an der Universität Greifswald beginnen.

Das Museum am Alten Garten in Schwerin hatte sie schon als kleines Kind fasziniert. Unzählige Male hatte ihre Mama sie mit ihrem Rollstuhl durch die großen Hallen geschoben. Gemeinsam hatten sie das historische Gebäude am schönsten Platz der Stadt bestaunt. Das Schweriner Schloss, das Mecklenburgische Staatstheater, die Staatskanzlei und das Alte Palais bildeten ein wunderschönes Ensemble, das unzählige Touristen anzog. Schwerin war seit kurzem auf dem Weg, eine Weltkulturerbe-Stadt der UNESCO zu werden.

Die Galerie der Alten & Neuen Meister des Museums faszinierte die kleine Charlotte. Ihre Mutter trug sie früher die Treppen hoch zum Eingangsportal mit den ionischen Säulen. Zu den beiden Löwen-Skulpturen, die die monumentale Treppe links und rechts säumten, dachte sich Lea Engel jedes Mal eine neue und spannendere Geschichte für ihre Tochter aus.

Lotti hatte sich schon während der schriftlichen Abi-Prüfungen vor ein paar Wochen persönlich einen Termin beim Museumsdirektor geben lassen. Sofort sagte er der Abiturientin den Praktikumsplatz zu. Nicht ganz uneigennützig dachte er an die Zukunft seines Museums. Man war gerade dabei, mit dem Finanzministerium des Landes über einen kostspieligen Erweiterungsbau nachzudenken und stand dazu in Verhandlungen.

Lotti hatte sechs Stunden täglich Dienst. Ihre Aufgabe bestand hauptsächlich darin, in der Galerie darauf zu achten, dass niemand Kunstwerke berührte. Durch die vielen Führungen hatte sie so manch Interessantes über die Gemälde erfahren. Sie gab auch hin und wieder schon selbst Auskünfte, wenn ein Besucher eine Frage stellte. Die Bilder von Rembrandt und Rubens faszinierten sie am meisten. Auf eines der wertvollsten Gemälde der Sammlung, Die Torwache von Carel Fabritius, hatte sie besonderes Augenmerk zu richten. Natürlich waren die Bilder technisch nach neuestem Standard gesichert. Aber vor einem plötzlichen Säureanschlag durch einen Besucher konnte auch die Alarmanlage nicht schützen.

Lotti war etwas aufgeregt. Seit ein paar Tagen kam nachmittags ein junger Mann in die Gemäldegalerie und sprach sie des Öfteren an. Der blonde und sportlich gekleidete Herr hatte sich auch diesen Morgen gefreut, Lotti wiederzutreffen und sich mit ihr zu unterhalten. Lotti war nicht nur von seinem äußeren Erscheinungsbild, sondern auch von seinem Fachwissen und seiner charmanten Art begeistert.

„Guten Tag, ich habe schon auf Sie gewartet“, ergriff Lotti an diesem Morgen zuerst das Wort. Ihr Herz machte einen Aussetzer, als er sie anlächelte und höflich fragte: „Wollen wir uns nicht duzen?“

„Ich heiße Charlotte Engel. Sie … äh du darfst mich

gern Lotti nennen", beendete sie den Satz mit einem Lächeln. Auf ihren Wangen bildeten sich kleine Grübchen und ihre Augen strahlten.

„Vielen Dank, Lotti", antwortete er und streckte ihr seine Hand zur Begrüßung entgegen. „Ich habe schon die letzten Tage überlegt, wie ich dich anspreche, ohne aufdringlich zu wirken. Mein Name ist Hendrik van Beuren."

„Bist du Holländer?", fragte Lotti und hielt seine Hand einen Moment lang fest.

„Ja, ich komme aus Amsterdam."

„Was macht ein Holländer denn jeden Tag in einer niederländischen Gemäldegalerie in Schwerin?", hinterfragte Lotti.

„Ich bin Journalist und arbeite an einer Broschüre über niederländische Malerei. Ich reise in der ganzen Welt herum. Ich bin für kurze Zeit in Schwerin. Anschließend geht's dann weiter nach Berlin."

„Das ist ja interessant. Ich mache hier ein Praktikum und beginne in ein paar Monaten ein Kunstgeschichte-Studium in Greifswald. Ich verdiene mir hier etwas Geld und kann mir gleichzeitig schon etwas Wissen für das bevorstehende Studium aneignen."

„Eine tolle Symbiose ... lernen und dabei Geld verdienen. Ich würde mich freuen, wenn ich dich heute nach Dienstschluss zu einem Eisbecher einladen dürfte. In der Orangerie des Schlosses gibt es ganz leckere Eiscreme. Was meinst du?", fragte er charmant und wartete ihre Antwort ab.

„Ja. Sehr gerne!" Lotti strahlte und freute sich sehr über die Einladung.

Sie verabredeten sich um 17 Uhr am Haupteingang des Museums. Lotti konnte ihr Glück kaum fassen, ein Date mit einem so gutaussehenden Mann vereinbart zu haben. Noch nie hatte sie eine Verabredung, auf die sie sich so sehr freute.

Insgeheim wünschte sie sich sogar, dass eine ihrer Klassenkameradinnen sie mit Hendrik sehen würde. War es ihr zu verdenken? Sie wollte auch einmal im Mittelpunkt stehen … nicht nur aufgrund ihrer fantastischen Zensuren.

Kapitel 6

Drohungen

„Guten Abend, mein Name ist Mark Röder. Ich hätte gern einen Termin bei Frau Dr. Engel.“ Er stellte sich vor den Tresen und sah sich suchend um. Im Wartezimmer saßen keine Patientinnen mehr. Die Sprechstundenhilfe war gerade dabei, ihren Computer herunterzufahren.

„Guten Abend. Sie wissen schon, dass Sie in einer Frauenarztpraxis sind?“, fragte Schwester Hilde entgeistert.

„Ja, so steht es draußen auf dem Schild und lesen habe ich schon in der ersten Klasse gelernt.“ Provozierend legte er seine rechte Hand auf den Tresen und trommelte mit den Fingern. Ungeduldig rollte er mit den Augen und fragte: „Was meinen Sie, wird das heute noch etwas?“

„Moment bitte!“ Der Ton der Sprechstundenhilfe wurde lauter, als sie aufstand. Sie ging in Richtung Behandlungszimmer und klopfte leise an die Tür.

„Ja, bitte!“, rief Lea Engel und schaute zur Tür.

Schwester Hilde ging hinein und schloss leise die Tür hinter sich. „Draußen steht ein Herr Mark … äh ... Röder, glaube ich. Der möchte einen Termin bei Ihnen.“

Lea guckte über ihren Brillenrand ihre Mitarbeiterin erstaunt an. „Hat er sich wirklich als Mark Röder vorgestellt?“, fragte sie verunsichert und wolle nicht glauben, welchen Namen sie gehört hatte.

„Ja, Mark Röder“ bestätigte die Schwester.

„Hilde, Sie können für heute Schluss machen. Ich brauche Sie heute nicht mehr. Schönen Feierabend und bis morgen.“ Lea legte das Diktiergerät, auf das sie gerade Befunde ihrer Patientinnen sprach, zur Seite und stand auf. Sie nahm ihre Lesebrille ab. Einen kleinen Moment brauchte sie, um sich gedanklich zu sammeln, dann öffnete sie die Tür ihres Sprechzimmers.

Es war tatsächlich Mark Röder, der an der Anmeldung stand und sie anlächelte. Sein Haar war etwas lichter geworden, sein Körper war jedoch schlanker als früher.

„Guten Abend, Mark. Wie kommst du denn hierher? Komm rein.“ Lea bot ihm freundlich einen Stuhl an. Er setzte sich. Ihre Gedanken kreisten. Sie war angespannt und bekam einen trockenen Mund.

„Guten Abend. Ich war in der Nähe und wollte mal schauen, wie es dir so geht.“

Lea blickte ihn verwundert an und wurde innerlich nervös. Sie ließ sich jedoch nichts anmerken und wollte erst einmal abwarten, was er von ihr wollte. „Geht's dir gut Mark? Hast du Arbeit, Familie … erzähl doch mal!“, fragte sie gleich hinterher, um keine unangenehme Pause entstehen zu lassen.

Mark stand auf und ging langsam im Behandlungszimmer herum. Er schaute sich den Frauenarztstuhl und die hochmodernen diagnostischen Geräte genau an.

„Eine Hightech-Ambulanz … du scheinst recht gut zu verdienen!“, bemerkte er. „Dann die Villa in Wittenförden und das Cabrio … du hast es echt geschafft!“ Seine zusammengekniffenen Augen strahlten jetzt den puren Neid aus.

„Woher weißt du, dass ich in Wittenförden wohne und was für einen Wagen ich fahre?“, erwiderte sie.

„Und dann noch diese bildhübsche Tochter. Nur schade, dass sie ihm Rollstuhl sitzt!“, provozierte er sie.

Lea wurde blass im Gesicht und zitterte.

„Weiß deine Tochter eigentlich, wer ihr Vater ist und warum sie im Rollstuhl sitzt, meine Süße?“

Lea stockte der Atem. Sie bekam einen trockenen Mund

und schnappte nach Luft. Wie lange war es her, dass sie mit meine Süße angesprochen wurde, fragte sie sich.

Sie ging in die Offensive: „Was willst du von mir, Mark? Sag, was du willst und dann verschwinde wieder!"

„Weiß die Alte an der Rezeption eigentlich, was sie für eine tolle Chefin hat?", stichelte er. „Bestimmt weiß sie nicht, dass du, bevor du deine Approbation als Ärztin hattest, schon bei deiner besten Freundin Sophie eine Abtreibung in Lehrräumen des Universitätsgeländes vorgenommen hast!"

Lea nahm das Wasserglas vom Schreibtisch. Zitternd führte sie es zum Mund und trank einen großen Schluck.

„Aber deine Tochter wird doch wissen, was sie für eine liebe Mama hat, oder? Sie war so lieb, dass sie ihrer damaligen Freundin Sophie beim Schwangerschaftsabbruch nicht nur den Embryo nahm, sondern ihr später auch noch gleich den Freund ausgespannt hat!"

„Halt deinen Mund! Was willst du von mir?", schrie sie ihn plötzlich an. „Du Mistkerl, verpiss dich und lass mich in Ruhe!" Lea erschrak über ihre Wortwahl. Sie sah ihn wütend an. Ihr blasses Gesicht hatte feuerrote Wangen bekommen.

„Nur schade, dass du keinen Kerl hast, meine Süße, der dich beschützt! Oder ist mir da etwas entgangen? Vermutlich kaufst du dir mit deinem vielen Geld nach Lust und Laune einen Lover, stimmt's? Oder besorgt es sich die karrieregeile Superfrau lieber selbst?"

„Ich frage dich jetzt zum letzten Mal: Was willst du von mir?" Lea sprach jetzt bewusst gelassener, um nicht verängstigt zu wirken.

„Trinkst du noch? Oder warst du das letzte Mal besoffen, als der Autounfall mit deiner Tochter passiert ist? Ganz traurige Geschichte … findest du nicht auch? Das arme Mädel!" Grinsend starrte er sie an.

„Du Schwein! Was willst du? … Jetzt nach 15 Jahren

mein Leben zerstören? Selbst nichts auf die Reihe bekommen und das Glück anderer auf dem Gewissen haben. Ist es das, was du willst? Du miese Ratte!" Lea atmete nach diesen Sätzen tief ein.

Er war überrascht, mit welchem Selbstbewusstsein Lea ihm plötzlich entgegentrat.

„Die miese Ratte will Geld!", antwortete er selbstgefällig. „Ich rufe dich an, meine Süße. Billig wird das nicht, das kannst du dir ja denken! … Ich habe mir mal eine Visitenkarte vom Tresen genommen. Ohne Approbation und eine behinderte Jugendliche an der Backe … Und vielleicht mag die junge Lady ihre Mama plötzlich gar nicht mehr, wenn sie weiß, warum sie im Rollstuhl sitzen muss!" Mit diesen Worten verließ er die Praxis.

Als die Tür mit einem lauten Knall ins Schloss fiel, saß Lea zitternd an ihrem Schreibtisch. Sie atmete tief durch und griff nach ihrem Handy, um Lotti anzurufen … doch dann steckte sie es wieder ein.

Was sollte sie ihrer Tochter sagen?

Kapitel 7

Angst

Hektisch packte Lea Engel ihre Sachen in der Praxis zusammen. Der Schock, als Mark Röder plötzlich und unverhofft nach so vielen Jahren vor ihr stand, war ihr sofort den Magen geschlagen. Zitternd tippte sie die Nummer ihres Handys in die Rufumleitung der Praxis. Sie war eine beliebte Frauenärztin mit Leib und Seele und im Notfall jederzeit erreichbar. Ihre Tochter meckerte zuweilen, wenn am Wochenende plötzlich erkrankte Frauen um den Rat ihrer Mutter baten und ihre Zweisamkeit störten. Lea war es jedoch wichtig, ihre Patientinnen nicht im Stich zu lassen.

Um sich zu beruhigen, schlenderte sie durch die Stadt und schaute in die hübsch dekorierten Schaufenster entlang des Boulevards. Gedankenversunken verließ sie die Einkaufsstraße in Richtung Pfaffenteich. Es war Freitagnachmittag, herrlichstes Wetter und die erwartungsfrohe Hektik vor dem Wochenende machten sich in der Landeshauptstadt bemerkbar. Lea sah gerade, wie der Innenminister des Landes mit zwei Personenschützern das Arsenal verließ und in eine schwarze Limousine einstieg. Sein Amtssitz, das historische, ockerfarben gehaltene Gebäude am Südwestufer des Pfaffenteiches, war nach dem Ersten Weltkrieg eine Polizeikaserne. Lea nahm seitlich vom Arsenal an einem Tisch des Freiluftrestaurants Platz.

„Was kann ich Ihnen bringen?“, fragte übereifrig ein junger Mann. Er wartete nicht ab, bis Lea die Speisekarte überflogen hatte.

Lea überlegte nicht lange und bestellte sich einen Latte Macchiato, der unverzüglich serviert wurde. Als sie ihre Sonnenbrille vom Kopf nahm und auf den Tisch ablegte, spürte sie, wie ihr Handy in der Handtasche vibrierte. Sie nahm es heraus und vermutete, dass ihre Tochter sich aus dem Museum melden würde, um abgeholt zu werden. Lea schaute auf das Display. Anrufer unbekannt, stellte sie fest.

„Ja, Engel", meldete sie sich freundlich.

„Na, meine Süße, hier ist der liebe Mark." Sofort sah sie sein hämisch grinsendes Gesicht vor ihrem inneren Auge. Sie drückte den Anruf weg. Lea hatte sich so erschrocken, dass sie mit ihrem Ellenbogen das Latte Macchiato Glas umkippte. Der umsichtige Kellner kam sofort zur Hilfe.

„Ich bringe Ihnen einen Neuen. Kein Problem, das kann ja mal passieren. Seien Sie vorsichtig, nicht dass der Kaffee auf Ihren Rock läuft. Der Macchiato kommt sofort." Er wischte mit einem Küchentuch den Tisch trocken.

„Danke, das brauchen Sie nicht. Ich nehme jetzt lieber einen Cognac."

Sie hatte gerade ihre Sonnenbrille wieder aufgesetzt, als ihr Telefon erneut vibrierte. Anrufer unbekannt. Sie nahm ab.

„Hast du dich erschrocken, meine Süße? Das wollte ich nicht. Ich wollte dir nur sagen, dass ich fürs Erste 10000 Euro von dir bekomme!"

Lea drückte das Telefonat zitternd weg und schmiss wütend das Handy in die Tasche. Sie

war sprachlos und dachte fieberhaft nach. Hatte sie richtig gehört? Er verlangte allen Ernstes eine fünfstellige Summe und betrachtete diese Unverschämtheit nur als Beginn seiner Erpressung?

Der Kellner brachte das Cognacglas an den Tisch und stellte es schweigend vor ihr ab.

Lea überlegte und beschloss, gleich im Anschluss nochmals in die Praxis zu gehen und die Rufumleitung herauszunehmen. Denn sie war sich ziemlich sicher, dass Mark nicht in den Besitz ihrer privaten Handynummer gelangt war, sondern sie über die Rufumleitung erreicht hatte. Noch einen Anruf von Mark verkraftete sie nicht.

Ganz langsam nahm Lea das Cognacglas auf, schwenkte es und führte es an ihre Nase. Sie roch an der öligen Flüssigkeit und wollte ihre Lippen gerade an den Glasrand ansetzen. Der scharfe Geruch des Alkohols weckte Erinnerungen. Sie konnte das warme und brennende Gefühl in ihrem Hals bereits spüren, als sie es sich anders überlegte und den Cognac entschlossen wieder abstellte. Nein, dachte sie, Mark Röder bringt mich nicht zurück an die Flasche. Sie stand auf, suchte den jungen Mann und drückte ihm einen 10-Euro-Schein in die Hand. Dann verließ sie die Terrasse und ging zügigen Schrittes zurück in ihre Praxis. Nachdem sie die Rufumleitung herausgenommen hatte, machte sie sich auf den Weg zu ihrem Cabrio im Parkhaus neben dem Kaufhaus Stolz. Beim Herausfahren aus dem Gebäude bemerkte sie im Rückspiegel, dass zeitgleich neben ihr ein alter Ford herausfuhr. Als Dauermieterin kannte sie die meisten Autos, die hier abgestellt wurden. Der dunkelblaue Ford stand ihrer Meinung nach noch nie auf der dritten Etage. Lea fuhr schneller als sonst in Richtung Wittenförden, da der Wagen den gleichen Weg wie sie eingeschlagen hatte. Als er kurz vor dem Dorfeingang immer noch hinter ihr klebte, fuhr sie durch das Dorf, statt nach Hause zu fahren. Sie wendete, indem sie die alte Kirche umrundete, und kehrte auf die Umgehungsstraße in Richtung Großer Dreesch zurück.

Lea hatte nur ein Ziel vor den Augen ... das war die Polizeiinspektion Schwerin. Sie musste sich ihrer Vergangenheit stellen. Einen anderen Ausweg sah sie nicht.

Kapitel 8

Wut

Hauptkommissar Berger saß in seinem Büro und las den Bericht des Rechtsmedizinischen Instituts. Die Frau, die in der Goethestraße zu Tode gekommen war, hatte einen Blutalkoholwert von 1,9 Promille. Ob ein Fremdverschulden oder Selbstmord vorlag, war noch nicht ermittelt. Berger wollte die Bewohner des Hauses, die bisher nicht angetroffen wurden, befragen und weitere Ergebnisse der Spurensicherung abwarten. Mit diesen Gedanken schloss er die Akte erst einmal wieder und schaute sich die Fotos auf der Kamera der Toten genauer an. Warum fotografiert eine Reinigungskraft, die im Museum beschäftigt ist, vermutlich Handwerker in der Galerie des Gebäudes, fragte er sich. Es waren keine gestellten Fotos, sie waren schlecht belichtet und daher auch nicht ganz scharf in den Konturen.

Berger war allein auf der Etage. Seine Sekretärin hatte sich pünktlich von ihm in den Feierabend verabschiedet. Er tippte auf seiner Tastatur. Gerade hatte er den Suchbegriff Blue Angel bei Google eingeben. Während sich die Seite aufbaute, zog er das Schubfach links neben sich auf. Dort verbarg er seine Cola-Flasche mit Whisky vor den Augen der Kollegen. Schnell öffnete er seine Aktentasche, holte eine neue Whisky-Flasche heraus und füllte die leere Flasche wieder auf. In dem Moment, wo sich die Seite vom Blue Angel auf dem Monitor öffnete und er noch die halbvolle Whisky-Flasche zuschraubte, riss sein Kollege Paul Niemann die Tür seines Büros auf.

„Sag mal, weißt du, wo die scheiß Druckerpatronen liegen?“, fragte Niemann und guckte völlig erstaunt, als er Berger mit einer Flasche Whisky in der Hand sah, der gerade vollbusige Frauen auf seinem Bildschirm anstarrte. Beide guckten sich einen Moment lang erschrocken an.

„Sag mal, kannst du nicht klopfen!“, brüllte Berger, der sich ertappt fühlte.

„Trinkst du jetzt schon auf Arbeit?“, konterte Niemann, der sich über die Maßregelung sehr ärgerte.

„Und das Blue Angel liegt wohl auch nicht in deinem Zuständigkeitsbereich! Oder säufst du dir Mut für einen Freitagabend-Quicki vor Ort an?“ Er grinste hämisch.

„Das weißt du doch nicht, was in meinem Zuständigkeitsbereich alles liegt! Kümmere dich um deinen Scheiß. Oder kommt schon wieder Neid auf, weil ich Stellvertreter der Abteilung geworden bin und nicht du?“, sagte Berger mit bissigem Tonfall.

„Das können wir ändern! Mal sehen, wer hier als Nächstes befördert und entlassen wird?“, antwortete Niemann mit gefährlich boshafter Stimme.

„Ja, das war klar. Genau aus diesem Grund, du Anscheißer, sitze ich hier und nicht du!“, schoss Berger wütend zurück.

„Das hat ein Nachspiel, Berger!“, drohte Paul Niemann ihm mit seinem Zeigefinger.

Paul Niemann verließ mit hochrotem Kopf den Raum. Dieser arrogante und selbstgefällige Affe, der lernt mich noch kennen, dachte er, während er im Nebenzimmer alle Schränke auf der Suche nach einer neuen Druckerpatrone durchwühlte.

Kapitel 9

Sympathie

Nach dem heftigen Streit saß Berger an seinem Schreibtisch und zündete sich eine Zigarette an. Schnell öffnete er das Fenster, da das Rauchen im Gebäude untersagt war. Er blies gerade den Rauch des ersten Zuges aus und hatte den Alkohol versteckt, als sein Telefon klingelte.

„Ich habe hier eine Frauenärztin aus Schwerin. Sie wirkt ziemlich aufgeregt. Ich weiß nicht, an wen ich sie mit ihren Problemen genau verweisen soll“, meldete sich ein mit der Situation überforderter Pförtner.

„Schicken Sie sie zu mir hoch. Ich übernehme das“, antwortete Berger. Er stand auf und ging in Richtung Fahrstuhl, um sie dort in Empfang zu nehmen, so dass sie nicht lange herumirren musste. Die Fahrstuhltür öffnete sich und eine attraktive Frau Anfang vierzig stand vor ihm.

„Hauptkommissar Berger?“

„Ja.“

„Guten Tag. Das ist nett, dass Sie mich abholen. Mein Name ist Lea Engel.“ Sie streckte ihm ihre gepflegte Hand entgegen.

„Angenehm!“ Sehr angenehm, dachte Berger und musterte sie unauffällig von oben bis unten, ohne dass sie es bemerkte.

„Hauptkommissar Thomas Berger“, stellte er sich mit seinem kompletten Namen vor und zeigte ihr mit einer Handbewegung die Richtung zu seinem Büro.

Dort angekommen, zog er einen Stuhl vom Schreibtisch

hervor und bat sie, Platz zu nehmen.

„Was kann ich für Sie tun?“, fragte er und schaute auf ihr ebenmäßiges Gesicht. Ihr dunkles schulterlanges und glänzendes Haar, die rehbraunen Augen und ihre slawischen Gesichtszüge beeindruckten ihn so sehr, dass es ihm schwerfiel, sich auf die ersten Sätze von ihr zu konzentrieren.

„Ich werde erpresst … verfolgt … und habe selbst eine Straftat begangen!“, begann Lea aufgeregt.

„Ganz ruhig“, unterbrach er sie. „Nun mal eins nach dem anderen. Sie wollen eine Anzeige oder eine Selbstanzeige aufgeben?“, vergewisserte sich Berger. Für einen Moment wich sein Blick von ihren vollen Lippen auf ihren Busen, der durch das eng anliegende Sommerkleid gut zur Geltung kam.

„Ich wurde heute erpresst und bin mir nicht sicher, ob der Erpresser mich verfolgt. Daher habe ich meinen Wagen eben auch nicht direkt vor dem Polizeigebäude abgestellt, sondern drüben beim Baumarkt.“

„Ich verstehe. Und warum wollen Sie sich selbst anzeigen? Das verstehe ich noch nicht ganz!“, fragte Berger und dachte eine Sekunde darüber nach, ob Lea Engel wohl verheiratet war und Kinder hatte. Einen Ring trug sie nicht, das hatte er schon bei der Begrüßung am Fahrstuhl festgestellt. Ob sie Single ist, rätselte er.

„Das ist eine lange Geschichte, Herr Berger. Die Dinge, mit denen ich mich strafbar gemacht habe, liegen zwanzig Jahre zurück. Ich habe große Angst, meine Approbation als Ärztin zu verlieren … und noch größere, meine fast 18-jährige Tochter Charlotte.“ Lea zitterte vor Aufregung.

„Frau Engel. Oder Frau Doktor Engel?“

„Ich habe promoviert“, antwortete sie hastig.

„Also, Frau Dr. Engel, am besten, Sie schildern mir mal ganz genau, was heute passiert ist“, forderte er sie auf. Sein Blick fiel auf ihre langen und schlanken Beine, die sie gerade übereinanderschlug. Was für eine reizende Frau, dachte er.

In dem Moment klingelte ihr Handy.

„Hören Sie, da ist er schon wieder! Der Erpresser!“ Sie kramte hektisch ihr Handy aus der Handtasche und sah auf dem Display ein Foto ihrer Tochter. „Oh, es ist meine Tochter! Entschuldigen Sie!“

„Natürlich“, antwortete Berger und kratzte sich an der rechten Schläfe.

„Hallo, mein Schatz, ich bin noch unterwegs und kann gerade nicht telefonieren“, begann sie das Gespräch. „Wenn du zu Hause bist, schließe bitte alle Türen und lass vor allem die Terrassentür nicht wieder offenstehen“, setzte sie nach.

Berger beobachtete die Ärztin eingehend und spürte, dass sie große Angst hatte. Lea beendete das Telefonat und entschuldigte sich nochmals für die Unterbrechung.

„Ist schon gut, Frau Dr. Engel. Beruhigen Sie sich erst einmal. Darf ich Ihnen ein Glas Wasser anbieten?“, fragte er und goss einfach ein Glas voll, ohne ihre Antwort abzuwarten. Berger schaute sie von der Seite an und dachte: So eine atemberaubende Frau, die ist hundertprozentig glücklich verheiratet.

„Vielen Dank, Herr Berger.“ Sie trank einen Schluck. „Ich versuche jetzt mal, genau zu schildern, was vorgefallen ist.“

„Ja, bitte. Jedes Detail ist wichtig, auch wenn es Ihnen vielleicht unwichtig erscheint.“

„Okay.“ Lea erzählte haargenau, was sich am Nachmittag in ihrer Praxis zugetragen hatte, und von der Verfolgung durch einen dunkelblauen Ford. Sie gab den genauen Wortlaut der Forderungen von Mark Röder wieder.

„Und ist an den Anschuldigungen etwas dran, Frau Dr. Engel? Haben Sie als angehende Ärztin eine Abtreibung bei ihrer Freundin vorgenommen und ihr danach den Freund ausgespannt? Sind Sie alkoholisiert Auto gefahren und schuld an der Querschnittslähmung Ihrer Tochter?“, fragte

Berger geradeheraus, so wie es seine Art war.

Lea schlug sich beide Hände vors Gesicht. Sie begann zu weinen. Die Wimperntusche lief über ihre Wangen. Berger reichte ihr ein Taschentuch und wartete ab.

„Wer ist dieser Mann, der alles so genau über Sie weiß und 10000 Euro von Ihnen fordert?“, fragte er.

„Es ist der Vater meiner Tochter und der Mann, den ich meiner Freundin Sophie damals ausgespannt hatte: Mark Röder. Sie war von ihm schwanger. Ich nahm die Abtreibung illegal vor, weil sie mich flehentlich darum gebeten hatte. Dann verliebte ich mich in Mark und wurde selbst von ihm schwanger. Ich konnte mit der ganzen Situation nicht umgehen und zog von Rostock nach Schwerin. Nach meiner Facharztausbildung habe ich eine Praxis in Schwerin eröffnet. Meine Freundin Sophie wollte nichts mehr von mir wissen. Mark hat mich nur einmal in Schwerin besucht. Die ersten drei Jahre hat er Unterhalt für Charlotte bezahlt. Dann wollte er plötzlich das Sorgerecht für unsere Tochter. Er kam nach Schwerin. Ich war so wütend wegen seiner Forderung, die gerichtlich bestimmt nicht zu seinen Gunsten entschieden worden wäre. Naiv und ängstlich konnte ich keinen klaren Gedanken mehr fassen. Und dann geschah, wofür ich mich heute noch verfluche ...“

„Was ist passiert?“, fragte Berger, der gebannt gelauscht hatte.

„Vor Wut hatte ich an dem besagten Abend bestimmt drei doppelte Cognacs getrunken, als ich mit meiner Tochter kurze Zeit später mit meinem Wagen von der Verabredung mit Röder losfuhr. Auf der Umgehungsstraße verlor ich mit erhöhter Geschwindigkeit bei Glatteis die Kontrolle über mein Fahrzeug und bin mit 120 Sachen in die Leitplanken gerutscht. Meine Tochter wurde schwerverletzt ins Klinikum gebracht. Das Auto hatte Totalschaden. Die Beamten haben es damals versäumt, mich auf Alkohol zu testen. Ich hatte nur leichte Verletzungen und log den Polizisten etwas von einem mir entgegen kommenden Geisterfahrer vor. Ich stellte mich als Ärztin vor … niemand hat auch nur ansatzweise vermutet, dass ich angetrunken war.

Mark Röder besuchte mich am nächsten Tag noch einmal und sah meine Schürfwunden im Gesicht. Er bestand darauf, seine Tochter zu sehen. Da musste ich ihm von dem nächtlichen Unfall berichten. Er wusste daher, dass ich angetrunken gefahren bin. Er ist dann nicht einmal ins Krankenhaus gefahren, um Charlotte zu besuchen. Nein. Mit einem schwerverletzten Kind wollte er sich dann doch nicht abmühen. Er verschwand aus meinem Leben und stellte seine Unterhaltszahlungen ein. Auf seiner letzten Überweisung standen auf dem Kontoauszug im Verwendungszweck die Worte 'Prost. Vielen Dank, dass du mir die Unterhaltszahlung erlassen hast.' Ich war froh, dass Mark seinen Mund hielt und wir stillschweigend diesen Deal, ich will es mal so nennen, hatten. Meine Tochter war schwerverletzt. Sie hat keinerlei Erinnerungen und sie weiß bis heute nicht, wer ihr Vater ist. Die Ursachen und Hintergründe des tragischen Unfalls kennt sie nicht. Ich habe ihr bis heute die Wahrheit verschwiegen. Immer und immer wieder habe ich plausibel die Geschichte mit dem angeblichen Geisterfahrer erzählt. Manchmal glaube ich sie schon selbst.“ Lea konnte nicht weitersprechen und schluchzte. Berger befürchtete einen Nervenzusammenbruch.

„Frau Dr. Engel. Es steht mir nicht zu, Ihre Lebensgeschichte moralisch zu bewerten. Ich kann Ihnen jedoch versichern, dass Ihre Straftaten längst verjährt sind. Ich kann nur eine Anzeige wegen Erpressung laut Strafgesetzbuch aufnehmen und Ihnen empfehlen, sich einen Anwalt zu nehmen. Sollte Herr Röder Gerüchte in Umlauf bringen, dann müssen Sie schnellstens reagieren. Noch besser, Sie müssen vorbereitet sein. Das wird nicht leicht!“

Lea Engel hatte aufgehört zu weinen und sah Berger ängstlich ins Gesicht.

Nachdem Berger die Anzeige von Lea Engel unterschrieben in der Hand hielt, übergab er ihr seine Visitenkarte, die sie sorgfältig in ihr Portemonnaie steckte.

„Ich leite sofort die Ermittlungen ein und melde mich bei Ihnen, Frau Dr. Engel."

„Vielen Dank. Auf Wiedersehen, Herr Berger." Lea Engel stand auf und verließ die Polizeiinspektion mit dem Gefühl, etwas gegen ihre fatale Situation getan zu haben, in die sie sich selbst vor vielen Jahren hineinmanövriert hatte.

Nach ein paar Minuten kam sie auf dem Parkplatz des Baumarktes an. Sie hatte ihr Cabrio mit offenem Verdeck am Rande abgestellt. Als sie an ihr Auto herankam und einsteigen wollte, glaubte sie nicht, was sie sah. Auf dem Beifahrersitz lag ein ausgelaufener 5-Liter-Plastikkanister. Jemand hatte Farbe in ihr Auto geschüttet. Die weinrote Flüssigkeit, im ersten Moment dachte sie, es sei Blut, tropfte von der Sitzfläche auf die Fußmatte.

„Neeeiiin!", schrie sie, so laut sie konnte.

Kapitel 10

Wochenendausflug mit Folgen

Auf dem Heimweg von der Dienststelle ging Berger die attraktive Ärztin nicht mehr aus dem Kopf. Er verglich sie mit Ina und konnte sogar angenehme Gemeinsamkeiten feststellen. Der melodische Klang ihrer Stimme erinnerte ihn an seine verstorbene Frau.

Gerade als er seinen Wagen im Carport neben seinem Haus eingeparkt hatte, hörte er sein Handy klingeln.

„Herr Berger, entschuldigen Sie bitte, ich bin es noch einmal. Lea Engel. Es ist was Schlimmes passiert. Mir hat jemand auf dem Parkplatz am Baumarkt rote Farbe in mein Cabrio geschüttet!" Sie war völlig aufgeregt.

„Frau Dr. Engel, bleiben Sie, wo sie sind!", fiel er ihr ins Wort. „Beruhigen Sie sich erst einmal. Ich komme sofort zu Ihnen. In zehn Minuten bin ich da."

Nachdem Berger den Schaden begutachtet und mit seinem Handy Beweisfotos geschossen hatte, rief er die Firma Autoland in Leas Auftrag an. Wenige Minuten später erschienen zwei Angestellte der Werkstatt, die sich direkt hinter dem Polizeizentrum befindet, mit einem Abschleppwagen und übernahmen das Cabrio. Vorausschauend hatten sie sogar schon überlegt, welchen Leihwagen sie Lea Engel anbieten wollten.

Berger nahm Lea mit auf die Wache, ließ seinen Charme spielen und tröstete sie. Er nahm mit einem Kollegen die Anzeige aufgrund der Sachbeschädigung auf.

Eine halbe Stunde später bot er ihr an, sie nach den

ganzen Unannehmlichkeiten nach Hause zu fahren. Das beschmutzte Cabrio stand bei Autoland, und den Leihwagen könne sie auch am nächsten Morgen in aller Ruhe abholen, schlug er ihr vor.

Lea willigte ein und ließ sich von Berger nach Wittenförden fahren. Sie beschrieb ihm unterwegs den genauen Weg. Aus Dankbarkeit lud sie ihn auf eine Tasse Kaffee in ihr Haus ein. Berger lehnte jedoch ab. Er spürte, dass es nur eine Höflichkeitsfloskel von ihr war und sie lieber allein sein wollte. Als er die moderne helle Villa mit ihren riesigen Fenstern sah, staunte er. Wow, dachte er und überschlug in Gedanken grob, wie viel das Anwesen wohl gekostet haben dürfte.

Berger versprach ihr, sich Montag telefonisch zu melden, um die weitere Vorgehensweise abzustimmen. Freundlich verabschiedete er sich von ihr, stieg in seinen Wagen und fuhr von Wittenförden nach Schwerin.

Lea Engel ging ihm die ganze Autofahrt nicht mehr aus dem Sinn. Zu gern hätte er gewusst, welcher Mann sich in der vornehmen Villa das Bett mit Lea Engel teilt. In Gedanken sah er ihren geschwungenen Mund und stellte sich vor, wie ihre Lippen wohl schmecken würden. Mit Vergnügen hätte er ihre Haarsträhne, die sie vor Aufregung ständig hinters Ohr strich, berührt.

Kurz bevor er vom Bürgermeister-Bade-Platz links in die Dr.-Hans-Wolf-Straße abbog, fiel sein Blick auf den Bootsverleih am Ziegelinnensee. Schon als Jugendlicher hatte Berger den Bootsführerschein in der heutigen Marina Nord am Heidensee gemacht. Er hatte immer viel Freude beim Bootfahren.

Warum nicht, dachte Berger, ein Boot am Wochenende ausleihen und auf andere Gedanken kommen. Er rief spontan seinen Tennisfreund Ben an.

„Hallo Ben, ich bin's. Tommi. Ich wollte dich fragen, ob

wir nicht morgen ein Motorboot chartern und eine schöne Angeltour über die Schweriner Seen machen wollen?“, kam er gleich auf den Punkt.

„Hört sich gut an ... Obwohl ich ja lieber Tennis spielen würde! … Egal. Das passt. Wann soll ich morgen früh da sein?“, fragte Ben in der Hoffnung, mit seinem Kumpel mal wieder ausgiebig quatschen zu können.

„Am besten gleich um 7 Uhr. Ich kaufe uns heute noch Proviant ein. Hol mich doch ab und dann gehen wir rüber zum Bootsverleih. Ist doch nur eine Minute von mir entfernt“, schlug er ihm vor.

„Aye, aye Captain! Ich freue mich auf unsere Tour. Bis morgen, Thomas“, sagte Ben und beendete das Telefonat.

Berger hielt beim Bootsverleih an, reservierte ein größeres Motorboot und kaufte dann für den Ausflug ausreichend Getränke und Snacks ein. Der Meteorologe des Nordmagazins sagte fantastisches Wetter für das Wochenende voraus. Es sollte heiß, teilweise sogar schwül werden.

Berger saß auf seiner Terrasse und ließ den Tag bei einem Whisky innerlich Revue passieren. Er hatte sofort wieder das Bild von Lea Engel vor sich. Für einen Moment dachte er an Ina und hatte gleich ein schlechtes Gewissen, dass er nach so kurzer Zeit schon eine andere Frau begehrte.

Am nächsten Morgen packte Berger Würstchen und belegte Brote in einen Korb. Er stellte eine Kiste Bier und eine Flasche Whisky dazu. Gerade, als er einen Schrank im Wohnzimmer durchwühlte und seinen Bootsführerschein suchte, klingelte Bergers Handy.

„Du, Thomas, ich kann nicht kommen. Mir ist so schlecht, ich komme nicht von der Toilette herunter. Durchfall und Erbrechen … mir geht’s total dreckig“, klagte Ben mit leiser Stimme.

„So ein Mist! … Aber nicht zu ändern. Aufgeschoben ist nicht aufgehoben! Dann eben ein anderes Mal. Gute Besserung, Ben", wünschte Berger ihm und war gleichzeitig traurig, dass Ben abgesagt hatte.

Berger überlegte einen Moment und entschloss sich dann, den Ausflug trotzdem durchzuführen. Die Angeln und die Kiste Bier ließ er zu Hause. Mit seiner Badehose, Handtüchern, Proviant und einer Flasche Whisky in einer Sporttasche verstaut, machte er sich zu Fuß auf den Weg zum Bootsverleih. Nachdem er seinen Bootsführerschein vorgelegt hatte, hinterlegte er seinen Personalausweis als Pfand. Er stieg in das für ihn vorbereitete Boot und ließ sich kurz einweisen. In Gedanken schon wieder bei Lea Engel angekommen, hörte er gar nicht richtig zu, wie ihm die Bedienung des Bootes erklärt wurde. Dankend übernahm er das Boot und fuhr bei herrlichstem Sonnenschein vom Ziegelinnensee los. Er lenkte das Boot vorsichtig zum Graben am Paulsdamm, die Verbindung zwischen Schweriner Innen- und Außensee. Im Schweriner Außensee angekommen, suchte er sich einen schönen Platz zum Ankern. Berger sah den sandigen Boden in circa drei Meter Tiefe, machte den Motor aus und warf den Anker ins Wasser. Er zog den Anker fest und wechselte seinen Slip gegen eine Badehose. Berger sprang ins kühle Wasser und schwamm eine große Runde um das Boot herum. Nachdem er ins Boot über die Badeleiter geklettert war, wollte er kurz auf sein Handy schauen, um zu sehen, ob er vielleicht einen Anruf verpasst hatte. Er wünschte sich insgeheim, dass Lea Engel noch eine Frage hätte oder wieder seine Hilfe benötigte. Nirgends fand er sein Handy. Egal, dann eben nicht! Es wird schon mal einen Tag ohne Handy gehen, dachte er. Er bekam von der Hitze Durst und stellte fest, dass er nicht nur sein Handy, sondern auch die zwei Wasserflaschen zu Hause im Kühlschrank vergessen hatte. Dann aß er ein Brötchen mit einer kalten Wiener dazu. Nur einen kleinen Whisky und dann schön in der Sonne liegen und schlafen, nahm er sich vor. Er schraubte die Flasche auf und nahm einen Schluck … und gleich noch einen … und noch einen Letzten. Nach zwei Stunden lag Berger volltrunken im Boot und schlief fest. Er bekam in seinem schaukelnden Boot nicht mit, wie dunkle Wolken sich zu einer gewaltigen Wand zusammenschoben und Sturm aufkam. Er lag mit einem krebsroten Gesicht im Boot und schnarchte. Wie ein Kind in der Wiege schaukelte er vor sich hin und nahm nichts um sich herum mehr wahr. Der Sturm wurde so heftig, dass das morsche Ankerseil riss und das Boot auf dem Schweriner See vor sich hintrieb.

Kräftige Blitze in der Ferne und ein krachendes Gewitter rissen Berger plötzlich aus dem Schlaf. Er bekam einen riesigen Schreck und wusste nicht, wohin er mit dem Boot getrieben war. Er hatte völlig die Orientierung verloren. Er schaute sich um. Es war nicht ein einziges Boot mehr auf dem See zu sehen. Berger versuchte in seinem Alkoholrausch, hektisch den Motor zu starten. Der Motor tuckerte gequält, sprang aber nicht an. Beim zweiten Versuch gab er gar keine Geräusche mehr von sich. Lallend meckerte Berger vor sich hin und verfluchte die Batterie, die anscheinend ihren Geist aufgegeben hatte. Er suchte Paddel an Bord, fand jedoch keine. Nach dem kräftigen Gewitter setzte nun starker Regen ein. Berger trieb in dem Boot vor sich hin und war erleichtert, dass wenigstens das Gewitter über den See hinweggezogen war. Es kamen starke Böen auf. Die Wellen schaukelten das Boot hin und her. Berger fand in der Kajüte wenigstens einen Rettungsring. Er war verzweifelt und hatte Angst, jeden Moment zu kentern. Das in weiter Ferne zu sehende Ufer war im Regen nur ganz schwach zu erkennen. Immer mehr Wasser schwappte ins Boot. Seine Klamotten lagen klitschnass vor ihm.

„Scheiße. Verfluchte Scheiße!“, schrie er und rechnete damit, jeden Moment von Bord zu fallen. Er umklammerte ängstlich den Rettungsring.

Dann die Erlösung. Nördlich von ihm sah er die Rettung. Ein Motorboot der Wasserschutzpolizei steuerte direkt auf ihn zu.

Nach ein paar Minuten waren die Kollegen an seinem Boot angelangt und befestigten Bergers Motorboot an ihrem. Sie halfen Berger an Bord und gaben ihm erst einmal einen heißen Tee zu trinken. Ein Kollege reichte ihm eine Wolldecke.

„Sag mal, Berger, bist du noch zu retten? Bei dem Wetter auf dem See und ohne Schwimmweste! Hast du sie noch alle?“, fragte ein Beamter, der ihn von der Ausbildung bei der Polizei gut kannte. Es war ein netter Kollege, der vor Jahren von der Kripo zur Wasserschutzpolizei gewechselt war. Sie hatten gemeinsam viele Jahre zusammen ermittelt und pflegten daher einen lockeren und vertrauten Umgang.

Berger war fast wieder nüchtern. „Bin ich ein Vollidiot! Fahrt mich bitte zurück. Ich kann nicht mehr!“, fluchte er laut.

„Du hast Glück gehabt, dass der Kapitän vom Dampfer der Weißen Flotte dich mit deinem Boot gesehen und uns gleich informiert hat. Du hast echt Schwein, Berger! Für einen Segler, der gekentert und vermutlich von seinem Mast erschlagen worden ist, kam jede Hilfe zu spät. Den haben wir gerade tot aus dem Wasser gezogen“, musste Berger sich vorwurfsvoll anhören.

„Ist das Leihboot okay?“, fragte er besorgt. „Oder ist es genauso im Arsch, wie ich es bin?“ Berger saß im Boot und zog die Decke über seinen nassen Kopf, um sich unsichtbar wie ein kleines Kind zu machen.

Kapitel 11

Der Sturz

Ellen hatte sich in den vergangenen Tagen recht schnell auf der Krankenstation in der Untersuchungshaft erholt. Es wurde sogar ihrem Wunsch entsprochen, ihre Frauenärztin in Schwerin zu konsultieren. Ein Beamter und eine Beamtin der Haftanstalt brachten Ellen mit einem Wagen von Waldeck nach Schwerin. Ellen bekam Handschellen angelegt und wurde bis ins Wartezimmer der Praxis begleitet. Die Patientinnen, die im Wartezimmer saßen und gelangweilt in Frauenzeitschriften blätterten, blickten erstaunt auf.

Ellen ging ohne Handschellen allein in das Behandlungszimmer, nachdem der Beamte die Räumlichkeiten auf eine eventuelle Fluchtgefahr geprüft hatte. Lea Engel war überrascht. Sie kannte Ellen von regelmäßigen Untersuchungen. Dass eine inhaftierte Frau in ihre Sprechstunde kam, hatte sie bisher noch nicht erlebt.

„Hallo, Frau Dr. Engel", begrüßte Ellen die Ärztin verlegen und senkte sofort ihren Kopf.

„Hallo, Frau Arnold. Was führt Sie zu mir?", fragte die Ärztin gespannt.

„Ich bin schwanger und über die zwölfte Woche hinweg. Mir droht eine lebenslängliche Haftstrafe und ich will das Kind nicht. Machen Sie es weg!", flehte Ellen sie an.

„Darf ich fragen, warum sie inhaftiert sind?", erwiderte Lea Engel in ihrer behutsamen Art. „Vielleicht kommen Sie doch eher aus der Haft und bereuen die Abtreibung später?", hinterfragte sie noch ruhiger und blickte ihre Patientin an.

„Gewiss nicht! … Ich habe nur 15 Minuten für diesen Arztbesuch bekommen und bin froh, dass ich jetzt bei Ihnen bin. Die genauen Umstände kann ich Ihnen nicht lang und breit erklären. Ich habe mich in meinen verheirateten Chef verliebt. Wir hatten ein Verhältnis und dann sind meine Nerven mit mir durchgegangen. Ich habe einfach die Pille nicht mehr genommen und war so naiv, zu denken, dass er sich bestimmt scheiden lässt, wenn ich ein Kind von ihm erwarte. Ich war auf alle Frauen in seinem Umfeld krankhaft eifersüchtig. Die ganze Sache ist dann eskaliert … ich habe seine Frau und noch eine weitere Frau umgebracht. Bitte, ich will das Kind nicht! Oder glauben Sie, der Vater will das Kind einer Mörderin groß ziehen! Ich habe sogar schon selbst versucht, eine Fehlgeburt auszulösen … Sie sind die Einzige, die mir noch helfen kann. Bitte!“, schluchzte Ellen und saß kraftlos auf ihrem Stuhl. „Bitte, tun Sie was und helfen mir!“

„Frau Arnold, beruhigen Sie sich bitte. Ich würde Sie gern erst einmal untersuchen. Bitte machen Sie sich frei und setzen sich auf den Stuhl“, bat die Ärztin sie. Lea war verunsichert und nahm in der Eile ein falsches Instrument in die Hand. Sie tauschte es hektisch gegen das richtige aus. Sie fühlte sich mit der Situation und dem Zeitdruck im Nacken überfordert.

Ellen zog ihre lange Hose und den Slip aus und nahm auf dem Untersuchungsstuhl Platz. Die Ärztin positionierte sich mit ihrem Hocker zwischen Ellens gespreizte Beine und begann, sie zu untersuchen. Dann drückte sie Gel aus einer Tube auf den Unterleib von Ellen und verteilte es mit der Sonografiesonde. Auf dem angeschlossenen Monitor war nach ein paar Minuten ein winzig kleiner Fötus zu sehen. Sein Herz pochte doppelt so schnell wie Ellens.

Die Ärztin sprach während der Untersuchung kein Wort. Nachdem sie die Sonografie abgeschlossen hatte, blickte sie Ellen an.

„Der Fötus ist völlig normal entwickelt. Ich kann nichts Krankhaftes feststellen. Sie sind in der 14. Woche, schätze ich mal. Da kann ich keine Abtreibung mehr vornehmen. Ich weiß, es ist jetzt nicht passend in der Eile, schnelle Entscheidungen zu treffen. Aber könnten Sie sich nicht vorstellen, dass Kind auszutragen und dann zur Adoption freizugeben?“, fragte die Ärztin behutsam.

„Nein! Auch das möchte ich nicht!“, antwortete Ellen barsch.

„Es ist Ihre Entscheidung. Aber aus gesetzlichen Gründen kann ich bei Ihnen keine Abtreibung vornehmen. Ich würde mich strafbar machen.“ Mit diesen Worten beendete Lea Engel das Gespräch.

Ellen standen die Tränen in den Augen. Sie erhob sich und verließ wortlos das Behandlungszimmer.

Die zwei Justizvollzugsbeamten warteten auf sie und legten ihr vor dem Körper die Handschellen wieder an. Ellen senkte den Kopf zu Boden und ging der Beamtin hinterher. Der Beamte hinter Ellen verabschiedete sich freundlich von der Ambulanz-Schwester und ließ sich dabei in ein kurzes Gespräch verwickeln. Ellen und die Beamtin standen bereits im fensterlosen Treppenhaus. Die Beamtin vor Ellen schaltete das Licht im Treppenhaus ein und wartete einen Moment, bis auch ihr Kollege den Anschluss zu Ellen erreicht hatte.

Dann gingen sie los. Plötzlich ging im Treppenhaus das Licht aus. Die Beamtin hielt sich sofort seitlich am Geländer fest. Ellen jedoch übersah eine Stufe, trat ins Leere und stürzte über mehrere Stufen in die Tiefe. Sie konnte sich aufgrund der Handfesseln nicht beim Sturz schützen und knallte mit voller Wucht mit ihrem Kopf an die Wand und dann auf den Steinboden des letzten Treppenabsatzes. Ellen lag regungslos da.

Die Beamtin schrie ihrem Kollegen aufgeregt und laut entgegen: „Mach Licht an! Schnell!“ Sie hangelte sich im Dunkeln am Geländer in Richtung Lichtschalter zurück.

Es wurde hell im Treppenhaus. Ellen lag am unteren Treppenabsatz und eine dunkle Blutlache breitete sich langsam um sie herum aus. Der Beamte riss die Tür der Praxis auf und schrie hinein. „Hilfe, die Ärztin muss kommen! Rufen Sie einen Notarztwagen, schnell!“

Kapitel 12

Letzte Verwarnung

Es war Montagmorgen, als Berger sich übermüdet in sein Büro schleppte.

Seine Sekretärin hatte sich krankgemeldet und sein Chef, Dirk Wegner, hatte ihm noch am Wochenende eine SMS geschrieben, dass er am Montag gleich zu Dienstbeginn zu einem Vier-Augen-Gespräch zu erscheinen habe.

Berger war sich nicht sicher, ob Paul Niemann seinen Chef informiert hatte, dass er ihn beim Trinken erwischt hatte. Möglich war auch, dass die Wasserschutzpolizei im Lagebericht des Wochenendes den Zwischenfall auf dem Schweriner See detailliert geschildert hatte. Vielleicht waren Wegner sogar beide Vorfälle bekannt. Auf jeden Fall bedeutete die SMS Ärger. Und das zu Recht, dachte Berger.

Er hatte daher am Sonntagabend auf Alkohol verzichtet, obwohl es ihm sehr schwerfiel. Berger fuhr daher ohne Fahne zum Dienst.

Wenige Minuten später atmete er zweimal tief durch, knete nervös seine Hände und ging dann zu seinem Vorgesetzten.

„Sag mal, Thomas, was ist denn in dich gefahren! Hatte ich mich nicht klar und deutlich ausgedrückt?“ Sein Chef begrüßte ihn nicht einmal und kam ohne Umstände gleich zur Sache. Die Ader an seiner Schläfe trat hervor. Wegner bekam vor Wut ein rotes Gesicht.

„Doch, das hast du ...“, stimmte Berger kleinlaut zu und senkte seinen Kopf.

„Du nimmst sofort mindestens eine Woche Urlaub und versuchst, dein Leben wieder auf die Reihe zu bekommen. Oder noch besser: Geh zum Arzt und lass dich krankschreiben. Am besten, du erzählst gleich als Erstes von deinem Alkoholproblem. Sonst sehe ich schwarz!"

Berger sah seinen Chef an.

„Damit das klar ist: Das ist die allerletzte Verwarnung, ansonsten fliegst du hier raus!" Wegners Tonfall klang wütend und verzweifelt zugleich, schließlich war Berger ein langjährig geschätzter Mitarbeiter. Aber bei Alkoholproblemen kannte er kein Pardon.

„Ja", antwortete Berger, der vor Verlegenheit am Ringfinger seiner rechten Hand zog – dort, wo einst Inas Ehering gesteckt hatte.

„Berger, ich bitte dich! Krieg dich wieder ein, okay? Du musst dir helfen lassen, bevor es zu spät ist!" Wegner war einen Schritt auf Berger zugegangen und fasste ihn mit beiden Händen an den Schultern, als wolle er ihn schütteln, um ihn so zur Vernunft zu bringen.

„Du hast ja recht … ich habe mich zu sehr gehenlassen ..." Berger war klar, dass er beruflich kurz vor dem Abgrund stand. Ein weiterer Schritt in die falsche Richtung, und er könnte seinen geliebten Beruf an den Nagel hängen.

„Da ist noch was ...", sagte Wegner und blickte seinen Mitarbeiter an. In seinem Gesicht zeichneten sich jetzt Sorgenfalten ab. „Ellen ist gestürzt und liegt mit einem Schädel-Hirn-Trauma dritten Grades im Koma."

„Waaas? Ellen liegt im Koma? Und was ist mit dem Kind … mit meinem Kind?", fragte Berger verzweifelt.

„Sie ist unglücklich gestürzt und schwerverletzt ins Klinikum gebracht worden. Mehr weiß ich leider nicht."

Bergers Gesicht war kreidebleich. Er hatte das Gefühl, als würde ihm der Boden unter den Füßen wegsacken. Er nickte seinem Chef kurz zu und verließ dann langsam dessen Büro, ohne Tschüss zu sagen.

Mechanisch startete er wenige Minuten später seinen Wagen und fuhr wie in Trance zum Polizeiarzt, um sich krankschreiben zu lassen.

Kapitel 13

Mutter und Tochter

Am Montagabend schloss Lea Engel ihre Praxis ab und fuhr zum Einkaufen. Auf dem Weg sah sie sich sporadisch um und prüfte, ob sie wieder verfolgt würde. Hinzu kam, dass sie etwas verunsichert war. Hauptkommissar Berger hatte sich nicht bei ihr gemeldet, obwohl er sie nach dem Wochenende anrufen und die nächsten strategischen Schritte mit ihr besprechen wollte.

Mit vollen Einkaufstüten verließ sie den Real-Markt des Sieben-Seen-Centers in Krebsförden. Schnell packte sie die Waren in den Kofferraum ihres Leihwagens und fuhr in Richtung Wittenförden.

Erleichtert blickte sie mehrmals in den Rückspiegel – sie konnte keinen Verfolger entdecken. Sie fuhr in Wittenförden am Sportplatz des Dorfeingangs vorbei und sah ihre Nachbarin in der Ferne auf der großen Wiese mit deren Labradorhündin Gassi gehen.

Als sie in die Nebenstraße zu ihrer Villa einbog, kam ihr plötzlich der dunkelblaue Ford entgegen. Die Sonne stand bereits so tief, dass Lea von ihr geblendet wurde und nicht einmal erkennen konnte, wer in dem Auto saß, das mit rasanter Geschwindigkeit an ihr vorbeischoss. Lea parkte das Fahrzeug nicht ein, ließ es einfach stehen und rannte zu ihrem Haus. Die Terrassentür stand weit offen. Es war nichts zu hören. Ihr Herz pochte bis zum Hals. Lea rannte über die Terrasse ins Haus und stolperte dabei fast über den Rahmen der Tür.

„Lotti, wo bist du?“, rief sie verzweifelt ins Haus und warf ihre Handtasche in den Flur. Sie schrie noch lauter, nachdem sie Küche und Bad kontrolliert hatte und ihre Tochter nirgends fand. „Looootti, wo steckst du denn bloß?“ Auch diesmal kam keine Antwort.

Lea rannte in das ebenerdige Zimmer ihrer Tochter und riss die Tür auf. Lotti lag seelenruhig auf ihrem Bett und hatte Kopfhörer auf. Sie zuckte zusammen, als ihre Mutter plötzlich mit schreckgeweiteten Augen vor ihr stand.

„Ist was passiert? Du siehst aus, als hättest du ein Gespenst gesehen?“, fragte Lotti verwundert.

„Hab ich dir nicht gesagt, du sollst die Terrassentür nicht immer offen stehen lassen! Da kann jeder hineinspazieren und unser Haus ausräumen! Lümmelst hier faul auf dem Bett herum und bekommst überhaupt nichts mit!“, brüllte sie wütend ihre Tochter an.

„Entschuldige mal!“, erwiderte ihre Tochter patzig. „Nach meinem Ballettunterricht habe ich mich bisschen ausgeruht ... und du sagst doch immer, ich solle meine nervige Musik mit Kopfhörern hören“, antwortete Lotti sarkastisch und schob wütend ihren Rollstuhl, den sie mehr und mehr hasste, mit der Hand vom Bett weg in Richtung ihrer Mutter. Das Wort Ballettunterricht saß, dachte Lotti. Sie hatte es absichtlich gewählt, um ihrer Mutter in diesem Moment richtig weh zu tun.

„Tut mir leid, Liebes!“, entschuldigte Lea sich sofort für die Standpauke. „Ich habe doch bloß Angst um dich, wenn du allein im Haus bist.“

Lea atmete tief durch. Es war nichts geschehen – Lotti war sicher in ihrem Zimmer. Lea trat kurz aus dem Zimmer und schloss die Terrassentür. Dann ging sie noch einmal zu ihrer Tochter.

Sag mal, warst du beim Friseur? Und die Sachen, die du anhast, kenne ich ja gar nicht!“, stellte Lea neugierig fest.

Lotti trug einen kurzen Bob und hatte sich helle Strähnchen machen lassen. Die rote Jeans und eine cremefarbene Leinenbluse bildeten einen schönen Kontrast.

„Du hast ja auch nie Zeit für mich. Deine Patienten sind dir viel wichtiger!"

„Das stimmt nicht, mein Schatz! Im Moment ist nur alles ein bisschen viel für mich", sagte Lea traurig.

„Du hast doch immer Stress in der Praxis! Das ist doch nichts Neues!", antwortete Lotti beleidigt.

„Gibt es denn einen Grund für dein neues Outfit, was dir übrigens super steht?", hinterfragte Lea vorsichtig und beobachtete die Mimik ihrer Tochter ganz genau.

Lotti lächelte trotz des Streites verschmitzt. Lea wusste sofort, dass ein Mann die Ursache für die äußerliche Veränderung ihrer Tochter war.

„Erzähl mal, Schatz. Wie heißt er? Wie sieht er aus? Und wo hast du ihn kennengelernt? … Deine Mama will alles haargenau wissen."

„Dann erzählst du mir aber heute endlich, wer mein Vater ist!", griff Lotti ihre Mutter unerwartet an.

„Wie kommst du denn plötzlich auf deinen Vater?", fragte Lea irritiert. Sie musste ihre Stimme kontrollieren, damit diese vor Aufregung nicht wegbrach.

„Bei uns hat vorhin ein Mann geklingelt, der behauptete, er wäre ein Studienfreund von meinem Vater."

„Was?" Leas Hände begannen zu zittern. „Wie sah der Typ aus und wann war er da?", hinterfragte Lea ganz genau.

„Ein ziemlich großer Mann … vor zehn Minuten", antwortete sie. „Der sah mich mit großen Augen an und stellte fest, dass ich meinem Vater unheimlich ähnlich sehen würde. Dann hat er noch erzählt, dass mein Vater sehr oft von deinem tragischen Autounfall berichtet hätte … Schön, nicht wahr, wenn andere Menschen meinen Erzeuger besser kennen als ich!", warf Lotti ihrer Mutter in einem Ton vor, der Lea die Luft zum Atmen nahm.

Lea verließ Lottis Zimmer und ging in den Flur. Aus ihrer Handtasche fischte sie das Portemonnaie heraus und suchte hektisch die Visitenkarte von Hauptkommissar Berger. Sie tippte die Nummer auf ihrem Handy ein und hoffte, dass er rangehen würde.

„Herr Berger, entschuldigen Sie die Störung. Ich weiß, wer mich mit dem dunkelblauen Ford verfolgt. Es ist Mark Röder."

„Sind Sie es, Frau Engel?", fragte Berger.

„Ja. Röder war gerade bei meiner Tochter zu Hause", platzte es aus ihr heraus, ohne zwischen den Sätzen Luft zu holen.

„Sind Sie sicher?"

„Ja, bitte glauben Sie mir. Es ist Mark Röder!", bestätigte Lea nochmals.

„Frau Dr. Engel, bitte beruhigen Sie sich erst einmal und entschuldigen Sie, dass ich mich heute nicht, wie versprochen, gemeldet habe. Es war bei der Polizei wieder einmal die Hölle los!", log er wohl wissend mit einem Krankenschein vom Polizeiarzt in der Tasche. „Was halten Sie davon, wenn ich nachher kurz bei Ihnen vorbeischaue und Sie mir alles genauestens erzählen? Dann brauchen Sie nicht wieder zur Polizeiinspektion fahren", schlug Berger vor.

„Sehr gerne", antwortete Lea.

Er war erleichtert, dass sie seinem Vorschlag zustimmte und er nicht näher erklären musste, warum sie ihn nicht in seinem Büro aufsuchen sollte.

Berger duschte, zog frische Kleidung an und sprühte sich seinen Lieblingsduft „Le Male" an den Hals. Eine halbe Stunde später fuhr er zu Lea Engel nach Wittenförden.

Als er vor der Villa einparkte, sah er gerade ein Großraum-Taxi wenden und losfahren. Lea stand an der Tür und nickte ihm erleichtert zu. Er stieg aus und ging auf sie zu.

„Wären Sie eine Minute eher gekommen, hätte ich Ihnen sogar meine Tochter Lotti vorstellen können. Schade, nun ist sie weg … zu ihrem Date ...“ Mit diesen Worten bat sie Berger ins Haus und bot ihm freundlich einen Kaffee an.

Kapitel 14

Junges Glück

Charlotte Engel und Hendrik van Beuren trafen sich seit dem Nachmittag, an dem sie in der Orangerie des Schweriner Schlosses Eis essen waren, jeden Abend in der Innenstadt. Sie bestellte sich jedes Mal ein Taxi.

Hendrik besuchte sie weiterhin jeden Tag im Museum und arbeitete fleißig am Inhalt seiner Hochglanzbroschüre, die im Herbst unter dem Titel Meisterwerke der niederländischen Malerei erscheinen sollte. Er telefonierte oft in seine Heimat.

Charlotte fand ihn attraktiv und spürte, auch wenn sie den Inhalt seiner Telefonate manchmal nicht verstand, dass er liebevoll von ihr berichtete.

Diesen Abend hatten sie sich im Restaurant Bolero am Südufer des Pfaffenteichs verabredet, um gemeinsam zu essen. Hendrik sorgte dafür, dass der Rollstuhl nie zu einem Hindernis für ihre Vorhaben wurde. Manchmal trug er sie auch ein Stück auf seinen kräftigen Armen. In diesen Momenten fühlte sich Charlotte besonders wohl und glücklich. Ihr Handicap, nicht laufen zu können, war in diesen Augenblicken vergessen.

Hendrik wartete bereits vor dem Restaurant auf Charlotte. Mit einem glücklichen Lächeln nahm er sie in Empfang und begleitete sie zu ihrem reservierten Tisch.

„Guten Abend. Wow, siehst du umwerfend aus!“ begrüßte er sie strahlend.

„Danke für das Kompliment!“, antwortete Charlotte

und fühlte sich geschmeichelt. Sie errötete vor Freude. Die neue Frisur und das schöne Kleid, das sie diesen Abend trug, verliehen ihr zusätzlich neues Selbstbewusstsein.

„Du wirst von Tag zu Tag schöner!"

„Woran das wohl liegt?", fragte sie augenzwinkernd zurück und ergriff gern die Gelegenheit, mit ihm zu flirten.

„Was darf ich Ihnen bringen?" Der Kellner nahm am Tisch ihre Bestellung auf.

„Bringen Sie uns bitte zwei Gläser Champagner als Aperitif. Unsere Menü-Wahl sage ich Ihnen dann", bat Hendrik den jungen Mann.

Charlotte hörte das Wort unsere aus Hendriks Mund und freute sich, dass er sich so verhielt, als seien sie schon lange ein Paar.

„Gibt es was zu feiern?", fragte sie neugierig.

„Ja, ich habe eine Überraschung für dich!"

„Oh, ich liebe Überraschungen! Was ist es denn?", hakte sie ungeduldig nach. Sie suchte ihn dabei systematisch mit den Augen ab und schaute, ob er irgendwo ein kleines Präsent versteckt hatte.

„Du wirst es nicht glauben … ich habe vorhin mit meinem Onkel in den USA telefoniert, der ist Professor und arbeitet an einer neurochirurgischen Spezialklinik."

„Und?" Sie sah ihn aufmerksam an.

„Ich habe ihm von dir und deinem Gesundheitszustand erzählt."

„Nun spann mich nicht so auf die Folter!", drängte sie und lächelte ihn flehend an.

„Er arbeitet an vielen Forschungsprojekten. Sein Team hat vor Wochen einen Patienten, mit einem ähnlichen Krankheitsbild wie deines, operiert. Der Mann kann jetzt fast wieder allein auf eigenen Beinen stehen! Stell dir das mal vor!", erzählte er mit einer Begeisterung, die sofort Hoffnung in Charlotte entfachte.

„Wirklich? Das ist ja unglaublich! Erzähl mir mehr!"

„Ich habe meinen Onkel gebeten, sich deine Befunde anzuschauen."

„Und was hat er gesagt?", fragte sie aufgeregt wie ein kleines Mädchen. „Nun sag schon!"

„Ich darf ihm deine Befunde und Röntgenbilder per E-Mail zukommen lassen", antwortete Hendrik mit einem strahlenden Lächeln.

„Nein! Das ist nicht wahr!", freute Charlotte sich und trommelte mit beiden Händen abwechselnd laut auf der Tischplatte, so dass Gäste am Nebentisch aufmerksam auf das junge Paar wurden.

Nach einem kurzen Augenblick der Besinnung überlegte Charlotte, wie wohl ein Leben ohne Rollstuhl wäre.

Sie ging mit ihrem Kopf dicht an Hendrik heran.

„Danke, das werde ich dir nie vergessen. Auch, wenn ich gelähmt bleibe ... allein dein Versuch macht mich überglücklich", flüsterte sie ihm zu.

Sie saßen Kopf an Kopf und blickten einander in die Augen. Plötzlich ergriff Hendrik die Initiative und küsste sie auf den Mund. Charlotte hielt seinen Kopf fest und erwiderte seinen Kuss leidenschaftlich.

Für einen Moment lang vergaßen sie alles um sich herum. Es war ein einschneidender Augenblick in Charlottes Leben. Noch nie hatte sie ein so attraktiver Mann mit solch einer Intensität geküsst.

Kapitel 15

Auf Entzug

Es war Mittwochnachmittag. Gerade hatte Lea Engel in ihrer Praxis Routine-Schriftverkehr für die Ärztekammer erledigt. Sie hatte die Unterlagen in einen Briefumschlag gesteckt und sich auf den Weg zur Post gemacht. Nach dieser eintönigen Arbeit war sie dankbar, einen kleinen Spaziergang machen zu können.

In der Hauptpost am Marienplatz stellte sie sich in die Reihe und wartete ungeduldig, bis ein Dutzend anderer Kunden vor ihr bedient wurden. Sie nutzte die Zeit und überlegte, was sie später zum Abendessen einkaufen würde. Ihr Blick schwankte gedankenversunken zum Fenster am Eingang der Postfiliale.

Plötzlich sah sie ihn: Mark Röder stand draußen vor dem Fenster und grinste sie hämisch an.

Vor Schreck ließ sie den dicken Briefumschlag auf den Boden fallen. Hektisch hob sie den Umschlag auf und sah nochmals zum Fenster. Er war weg. Nervös trat sie von einem Bein auf das andere.

Endlich war sie am Kundenschalter.

„Soll es ein Einschreibe-Brief sein?", fragte die Postmitarbeiterin höflich.

Lea war unaufmerksam und hörte ihr gar nicht zu.

„Einschreiben oder nicht?", wiederholte die Mitarbeiterin etwas lauter.

„Oh, Entschuldigung. Ich war in Gedanken. Ja, bitte als Einschreibe-Brief", sagte Lea und legte das geforderte Geld passend auf den Tresen.

Lea wollte sich bei der Mitarbeiterin bedanken, bekam aber beim Sprechen einen so trockenen Mund, dass sie fast kein Wort herausbrachte. Sie fühlte sich beobachtet und spürte förmlich Blicke im Nacken. Ruckartig drehte sie sich um, um zu prüfen, ob Mark in der Nähe war. Niemand war zu sehen. Sie war zwar erleichtert, aber ganz plötzlich war es wieder da. Dieses Gefühl … sie konnte sich an das Verlangen vor fünfzehn Jahren genau zurückerinnern … ihre innere Unruhe und die Angespanntheit waren wieder da. Sie brauchte auf der Stelle einen Cognac! Wo war der nächste Supermarkt? Welche Bar hatte schon geöffnet? Ihre Gedanken kreisten pausenlos.

Lea verließ die Post und ging zügigen Schrittes zum Pfaffenteich. In eine Bar wollte sie nicht. Was sollten ihre Patientinnen denken, wenn sie jemand sah? So ging sie spontan ins Kabana in der Friedrichstraße. Das Restaurant hatte ab 16 Uhr geöffnet. Man konnte dort gut speisen und fiel nicht gleich auf, wenn man sich nachmittags einen erfrischenden Cocktail bestellte.

Sie hatte sich einen Platz im hinteren Bereich ausgesucht, obwohl das Wetter so herrlich war, dass sie gut draußen hätte sitzen können. Die sympathisch aussehende Bedienung brachte ihr die Karte.

„Ich nehme einen Mojito!"

Die Kellnerin machte sich gerade auf den Weg zum Tresen, da rief ihr Lea hinterher und korrigierte ihre Bestellung: „Bitte einen alkoholfreien Mojito!"

Gerade noch so mit letztem Willen die Kurve bekommen, dachte Lea.

Lea nippte fast eine Stunde an ihrem Cocktail, bis sie ihn schließlich ausgetrunken hatte. Sie bezahlte und verließ das Restaurant.

Sie blickte auf ihre Armbanduhr – es war gleich sechs

… zu dieser Zeit war sie früher häufig schon leicht angetrunken …

Lea marschierte auf einmal zielstrebig, fast mit Tunnelblick, zum Spieltordamm 9. Nach ein paar Minuten angekommen, sah sie auf das Eingangsschild, das neben der großen Haustür angebracht war. Da war sie wieder … die Tür ... dabei hatte sie geglaubt, nie wieder durch diese schreiten zu müssen. Das große Logo, zwei weiße große A-Buchstaben in einem blauen Dreieck, das mit einem weißen Kreis umrandet war, leuchtete von der Tafel. Der Anblick des Schildes und die damit verbundenen Erinnerungen trafen sie schmerzhaft. Sie spürte für einen Moment ihren Herzschlag. Schnell trat sie in den hellen Flur, um nicht gesehen zu werden. Sie überflog die große Informationstafel. Nichts hatte sich verändert … mittwochs 18 Uhr die Alkoholiker … und ich wieder mittendrin, dachte sie beschämt.

Lea war sich nicht schlüssig, ob sie in den Raum hineingehen sollte. Sie schaute sich um, ob noch jemand in das Gebäude kam. Sie war darauf vorbereitet, dass sie, wenn sie einen Bekannten treffen würde, gleich in die Offensive gehen und behaupten würde, dass sie da wäre, um Informationen für eine Freundin einzuholen. Im Grunde genommen wusste sie als Medizinerin jedoch ganz genau, dass Alkoholismus eine unheilbare Krankheit war. Eine Krankheit, die auch vor ihr keinen Halt gemacht hatte.

Während sie die Tür langsam öffnete, kam ihr sofort das 12-Punkte-Programm der Anonymen Alkoholiker wieder in den Sinn. Die Leute saßen im Kreis. Drei Frauen guckten sie an. Entschlossen nahm Lea einen Stuhl von der Seite und schob ihn dazu. Sie sagte nur leise: „Guten Abend.“

Die Gesprächsrunde hatte gerade begonnen, als Lea sich in eine größere Lücke zwischen zwei sitzende Herren bewegte. Sie setzte sich und schloss vor Scham kurz die Augen. Als sie sich dann nach links wendete, glaubte sie ihren Augen nicht zu trauen. Neben ihr saß in Jeans und kariertem Oberhemd Hauptkommissar Thomas Berger. Sie war so verunsichert, dass ihr der Atem stockte. Berger war ebenfalls überrascht. Wie peinlich, dachte er, gewann aber schnell seine Fassung zurück.

Weg hier, dachte Lea. Gerade wollte sie ihren Stuhl zurückreißen und die Flucht aus dem Raum ergreifen, als Berger ihre Hand auf dem Stuhl festhielt und sie am Aufbruch hinderte.

„Bleiben Sie!“, forderte Berger sie mit seinem beruhigenden stahlblauen Blick auf. Er verstärkte seinen Händedruck sanft, aber bestimmt.

Lea schämte sich. Ihr Gesicht wurde feuerrot, doch Berger ließ ihre Hand nicht los.

Ein weiterer Teilnehmer bemerkte ihr Unbehagen und sagte: „Bitte gehen Sie nicht!“

Der junge Psychologe, der sich mit seinem Vornamen vorstellte, ergriff das Wort: „Jetzt haben Sie es schon bis hierher geschafft. Bleiben Sie doch! Bitte.“ Er hatte eine sanfte und einfühlsame Stimme, der Lea nicht widersprechen konnte. Zitternd ließ sie sich auf dem Stuhl nieder und musterte kurz die anderen Personen des Kreises.

„Herzlich willkommen bei uns“, sagte eine ältere, gepflegt wirkende Dame. Lea dachte fieberhaft nach, ob es wohl eine Patientin von ihr sei. Sie konnte sich aber nicht erinnern, obwohl sie ein sehr gutes Erinnerungsvermögen hatte.

Da saß Lea nun im Kreise der Anonymen Alkoholiker. Das Prozedere unzähliger Sitzungen vor vielen Jahren hatte sie noch gut in ihrem Gedächtnis.

„Da wir ein neues Mitglied in unserem Kreis haben, würde ich es schön finden, wenn wir uns kurz vorstellen, damit wir alle wieder die gleichen Ausgangsbedingungen haben“, bat der Psychologe.

Berger ergriff als erstes das Wort, um Lea Mut zu machen: „Mein Name ist Thomas. Ihr könnt mich gern Tommi nennen. Ich bin Polizist und trinke in letzter Zeit zu viel Whisky. Ich habe Angst, dass ich die Kontrolle komplett verliere und meinen Job riskiere."

„Das ist sehr mutig, Tommi, sogar zu sagen, dass du Polizist bist. „Es haben eben nicht nur Arbeitslose oder ungebildete Menschen Probleme mit dem Alkohol. Es kann jeden treffen … Wer möchte sich als nächstes vorstellen?" Der Psychologe sah fragend in die Runde.

„Ich", meldete sich eine ältere Dame mit einem Handzeichen.

„Mein Name ist Ruth. Ich bin Rentnerin und habe vor zwei Jahren meinen Mann verloren. Er lag eines Morgens tot im Bett neben mir. Ich vermisse ihn so sehr ... und trinke seit dem schrecklichen Ereignis jeden Abend fast eine halbe Flasche Weißwein, um die Einsamkeit zu vertreiben. Ich kann sonst nicht einschlafen." Sie senkte traurig ihren Kopf.

„Das tut uns sehr leid, liebe Ruth. Ich hoffe, Sie fühlen sich in unserer Runde wohl und wir können Ihnen helfen." Der Psychologe lächelte ihr ermutigend zu.

Nacheinander stellten sich alle Personen kurz vor. Es fehlte nur noch Lea. Sie fühlte sich mies und schämte sich. Während sich alle anderen vorstellten, wuchs ihre Anspannung. Sie war verunsichert. Berger bemerkte ihre Unruhe und ergriff nochmals ihre Hand.

Lea schaute in die Runde und begann: „Mein Name ist Karin, ich bin Angestellte in einem Bestattungsunternehmen und werde mit meinem Beruf nicht mehr fertig. Die vielen Toten, deren weinende Angehörige … ich kann einfach nicht mehr …"

Berger hatte es vermieden, Lea direkt anzuschauen, um sie nicht noch nervöser zu machen, als sie ohnehin schon war. Nachdem er die Sätze von Lea hörte, blickte er sie erstaunt mit großen Augen an und hielt für einen Moment den Atem an. Er fragte sich, warum sie nicht die Wahrheit gesagt hatte, zumal er doch einen Teil ihrer Lebensgeschichte bereits kannte.

Sie wird wohl ihre Gründe haben, so wie ich meine, grübelte er: Warum habe ich denn eigentlich den wahren Grund nicht benannt? Warum saufe ich seit kurzem fast jeden Tag Whisky? Ich kenne doch die Ursache ganz genau. Meine Frau wurde umgebracht und meine Kollegin, mit der ich ein Verhältnis hatte, hat sie auf dem Gewissen! Diese Mörderin trägt mein ungeborenes Kind in sich und liegt jetzt auch noch im Koma. War diese Geschichte hier jemandem zumutbar, fragte Berger sich und schweifte mit seinen Gedanken weiter ab. Er hörte gar nicht zu, wie der Psychologe einen Vorschlag zum weiteren Ablauf der Stunde unterbreitete.

Nach sechzig Minuten war die Gesprächsrunde beendet. Für einige war sie erleichternd, für andere, wie Lea, sehr belastend und aufreibend.

„Sagen Sie jetzt bitte nichts, Herr Berger!“, bat Lea ihn vor der Tür und siezte ihn auf einmal wieder. „Ich kann Ihnen das alles erklären, aber nicht jetzt!“

Sie verabschiedeten sich mit einem kurzen Kopfnicken voneinander. Lea verschwand zielstrebig. Berger stand noch einen Moment lang nachdenklich vor dem Eingangsbereich.

Er war sich plötzlich absolut sicher: Diese Frau bringt mich um den Verstand! Ihr Aussehen, ihre dunklen Haare, die weibliche Figur, die schöne Haut, ihr Gang und das Timbre ihrer Stimme ...

Berger hatte sich bis über beide Ohren in Lea verliebt. Oder sollte er sie von nun an besser mit Karin ansprechen, rätselte er.

Kapitel 16

Wut

Lea war schon seit Tagen mit dem Leihwagen unterwegs. Auf der Fahrt nach Hause blinkte plötzlich die Tankanzeige auf. Sie hatte während der vielen Ereignisse vergessen zu tanken und hielt bei der ARAL-Tankstelle gegenüber der Kongresshalle an. Warum habe ich mich bei dem Treffen wieder als Karin vorgestellt und nicht meinen wahren Namen genannt, fragte sie sich, während sie die Zapfpistole hielt und Benzin in den Tank laufen ließ. Angestellte eines Bestattungsunternehmens, blöder ging es doch nicht, seufzte sie. Sie fragte sich, ob der Kommissar sie jetzt überhaupt noch ernst nehmen würde. Bin ich bescheuert, fluchte sie laut vor sich hin und hupte zehn Minuten später in der 30er-Zone in Neumühle, weil ein vor ihr fahrender Rentner die Geschwindigkeit noch mit 10 km/h unterbot. So kannte sie sich gar nicht … wütend und gereizt.

Als sie kurze Zeit später zu Hause ankam, stellte sie fest, dass vor der schmiedeeisernen Haustür ein Päckchen stand. Das schmale, liebevoll verschnürte Geschenk zauberte ein kleines Lächeln in ihr angespanntes Gesicht. Sie hob das schwere Päckchen auf und war so neugierig, dass sie es gleich an Ort und Stelle auspackte.

Von wem das Geschenk war, konnte sie nicht erkennen. Das Papier flog zu Boden und sie hielt Sekunden später ihr Präsent in der Hand: Eine edle Flasche Cognac, an deren Hals ein rotes Matchbox-Auto mit Geschenkband festgezurrt war. Auf der Frontscheibe des kleinen Spielzeugs war gut sichtbar die Zahl 10000 notiert. Vor Schreck rutschte ihr die Flasche aus der Hand, knallte zu Boden und explodierte laut.

Von dem ungewöhnlichen Geräusch wurde ihre Tochter angelockt. Eilig kam sie ihr mit dem Rollstuhl entgegen.

„Was ist denn hier passiert?", fragte sie aufgeregt.

Lea versteckte im letzten Moment das kleine Matchbox-Auto und log: „Ich hatte ein Geschenk für unseren Fensterputzer besorgt. Das ist mir aus der Hand gefallen. So ein Mist!", fluchte sie.

Lea schaute sich um, ob sie den dunkelblauen Ford oder Mark Röder irgendwo entdecken konnte, der sich vermutlich vor Freude über den gelungenen Gag amüsierte. Es war niemand zu sehen. Wütend knallte sie die Haustür zu und verschwand im Haus.

„Lotti, mach die Scheißmusik leiser oder am besten ganz aus! Ich habe Kopfschmerzen … und wie sieht das hier im Bad aus! Räum das sofort auf! Hörst du!", brüllte sie ihre Tochter an. Dann rannte sie wie eine garstige Furie durch das riesige Haus. So wütend hatte Charlotte ihre Mutter noch nie erlebt.

„Ja, ja … ist ja gut! Bevor du weiter herummeckerst, sag mir mal lieber, wo meine letzten Röntgenbilder und Befunde sind", unterbrach sie ihre Mutter in deren Tobsuchtsanfall.

„Was? Wozu brauchst du die Befunde?", fragte Lea hellhörig.

„Mein Freund benötigt sie. Er kann mir vielleicht helfen", antworte Charlotte.

„Ist der Arzt oder was?", hinterfragte Lea nervös und war auf die Antwort gespannt. Sie hatte sich ein wenig beruhigt und sogar schon ein schlechtes Gewissen gegenüber Charlotte. Sie nahm die Kehrschaufel und wollte gerade die Scherben vor der Tür auffegen gehen.

„Das geht dich gar nichts an! Sonst interessiert dich doch auch nichts mehr an mir. Gib mir meine Befunde und lass mich in Ruhe! Ach übrigens: Ich werde dich jetzt jeden Tag fragen, wer mein Vater ist! Bist du es mir endlich sagst!", drohte sie ihrer Mutter. „Oder weißt du es gar nicht? Das kann ja auch möglich sein!", setzte sie in süffisantem Tonfall nach.

Lea gab ihr eine kräftige Ohrfeige. Charlotte fasste sich an die brennende Wange. Danach fuhr sie mit ihrem Rollstuhl sofort in ihr Zimmer, schloss hinter sich ab und drehte die Musik auf maximale Lautstärke auf. Die Bässe der Anlage dröhnten dumpf durchs Haus.

Lea klopfte kräftig an die Tür und flehte um Einlass. Lea ärgerte sich über ihre Tochter ... noch mehr aber über sich selbst. Noch nie hatte sie Lotti geschlagen.

Charlotte hörte ihre Mutter nicht. Sie saß in ihrem Rollstuhl und bereitete sich auf die heute stattfindende Lange Nacht des Schweriner Museums vor. Sie hatte tagsüber frei. Ihr Dienst war in dieser besonderen Nacht von 22 Uhr bis morgens 6 Uhr festgelegt. Sie freute sich auf Hendrik, mit dem sie sich um 21.45 Uhr im Museumsfoyer verabredet hatte. Der Museumsdirektor rechnete mit einem riesigen Besucheransturm, da in der Schweriner Volkszeitung und im örtlichen Radiosender mit vielen Highlights geworben wurde. Außerdem war der Eintritt kostenlos und daher für viele ein Anreiz.

Charlotte schaute sich noch einmal die Unterlagen zu den einzelnen Gemälden an und prägte sich die wichtigsten Details ein. Die Museumsnacht war seit vielen Jahren ein kultureller Höhepunkt in der Schweriner Altstadt. Das alte Gebäude wird in dieser Nacht grandios mit Scheinwerfern in Szene gesetzt. Dezente klassische Musik zaubert eine tolle Atmosphäre in die Gemäldegalerie.

Sowohl Kunstliebhaber als auch Musikfreunde merkten sich den einmal jährlich stattfindenden Termin rechtzeitig vor.

Es ist zwecklos, dachte Lea und ging nach einer Viertelstunde, die sie weinend vor Leas Tür gehockt hatte, in den Flur. Sie nahm ihr Handy aus der Handtasche. Im Verlaufsprotokoll fand sie Bergers Nummer und rief ihn an.

„Guten Abend, Herr Berger, Lea Engel am Apparat.“

„Guten Abend, Frau Engel“, erwiderte Berger irritiert. Er freute sich über den Anruf.

„Mir geht es nicht gut.“

„Wollen wir uns treffen?“, fragte Berger. Zugleich war es ihm unangenehm, zu sagen, dass er bereits drei Bier getrunken hatte und nicht mehr Auto fahren konnte, ohne seinen Führerschein zu riskieren.

Daher schlug er ihr vor, in sein Haus nach Schwerin zu kommen.

Lea fragte nach seiner Adresse, wischte sich die Tränen aus den Augen und fuhr los.

Sie gestand sich während der Autofahrt ein, dass Berger ihr als Polizist und Mann imponierte. Sie fühlte sich in seiner Gegenwart geborgen.

Kapitel 17

Offenbarung

Es klingelte. Das musste Lea Engel sein! Bevor Berger öffnete, sah er noch schnell prüfend durch den Flur und stellte fest, dass schon längst einmal der Fliesenboden hätte gewischt werden müssen.

Er erkannte mit einem Blick, dass sie vor kurzem geweint hatte, und sah ihre Verzweiflung in ihrem Gesicht. Ihre Haare trug sie offen und ungekämmt. Der sonst so auffallend schönen Frisur war mehrere Stunden keine Beachtung mehr geschenkt worden.

Beim Anblick von Berger brach Lea spontan wieder in Tränen aus. Wortlos zog Berger die verzweifelt wirkende Frau an sich, um sie zu trösten.

Lea verbarg ihr Gesicht an seiner Brust und fühlte sich beschützt in seinen Armen.

„Kommen Sie rein!", sagte Berger, befreite sich vorsichtig aus der Umarmung und schob Lea ins Haus.

„Wollen wir nicht beim du bleiben … wie in unserem Kreis heute Nachmittag?", bat sie leise.

„Ja, gerne … Lea", erwiderte Berger.

„Ich hoffe, ich störe nicht?", fragte sie verunsichert.

„Nein, im Gegenteil! Ich freue mich, dass du gekommen bist. Die Umstände sind nicht schön, aber ich freue mich wirklich, dich zu sehen", erwiderte Berger. „Soll ich uns eine schöne Kanne Tee kochen und uns die Feuerschale auf der Terrasse anzünden?", fragte Berger mit einer Selbstverständlichkeit, als würden sie sich nicht eine Woche, sondern schon mindestens ein halbes Jahr kennen.

Lea fühlte sich behütet und tupfte ihre Tränen ab. Dann dachte sie nach. Wann hatte sie ein Mann das letzte Mal in seine Arme genommen und so große Anziehungskraft ausgeübt? Sie erinnerte sich flüchtig an einen One-Night-Stand auf einem Ärztekongress vor zwei Jahren in Berlin.

Bergers Schutzinstinkt gegenüber einer schwachen und wunderschönen Frau war geweckt. Er ging plötzlich entschlossen auf sie zu, nahm sie nochmals in den Arm und spürte, wie auch sie diesen Moment genoss.

Lea merkte, wie sich ihr Körper in den Armen von Berger lockerte. Sie empfand großes Vertrauen. Fasziniert blickte sie in seine stahlblauen Augen. Berger erwiderte den Blick. Ihre natürliche Attraktivität und das Schutzbedürfnis ließen ihn vor Verlangen schwach werden. Er strich ihr zärtlich eine Haarsträhne aus dem Gesicht und fuhr mit dem Daumen über ihre Wange, um eine Träne zu trocknen. Ein unglaublich intensives Gefühl der Lust breitete sich in seinem Körper aus. Er spürte wohlige Wärme und er wollte sie ... jetzt und hier. Berger senkte seinen Kopf zu ihr und sein Mund suchte ihre Lippen. Lea konnte es kaum erwarten, seine Zunge in ihrem Mund aufzunehmen. Mit leicht geöffnetem Mund genoss sie den Augenblick. Sie schlossen die Augen und küssten sich. Dabei wanderten seine Hände über ihren Rücken. Leas Finger krallten sich in seiner Brust fest. Ihr Gesichtsausdruck hatte sich verändert. Berger sah ein wunderschönes Lächeln. Beide wussten in diesem Moment, dass dieser Kuss nicht der letzte an diesem Abend sein würde.

„Ich will dich", hauchte er ihr sanft ins Ohr und berührte dabei mit seinen Lippen ihr Ohrläppchen.

Anstelle einer Antwort begann Lea mit einem erwartungsvollen Lächeln, Bergers Shirt über dessen Kopf zu ziehen. Sie atmete dabei tief sein Aftershave ein, das seinen

Körper mit einem anziehenden Duft umhüllte. Sein Atem wurde hörbar schneller. Ihre Hände öffneten geschickt Gürtel und Reißverschluss seiner derben Jeans. Kurze Zeit später stand ein heftig atmender Kommissar unbekleidet vor ihr.

Erwartungsvoll sah er zu, wie sie ihn zärtlich streichelte. Als sie an seiner empfindlichsten Stelle ankam, stöhnte er leicht.

„Das halte ich nicht lange aus", hauchte er.

Lea ließ von ihm ab und trat einen Schritt zurück. Während ihre Augen ihn fixierten, zog sie sich langsam vor ihm aus. Dabei schaute sie ihm, ohne einmal zu blinzeln, ununterbrochen in seine Augen. Sie lächelte sanft. Berger schluckte, als er ihre vollen Brüste nackt sah. Leas brünett glänzendes Haar lag auf ihren schmalen Schultern. Ihre weiblichen Kurven ließen ihn fast wahnsinnig werden.

Lea zog jetzt ihren Rock herunter und streifte ihren Slip an den Beinen herab, die samtig glänzten.

„Komm, zeig mir das Bad", forderte sie ihn auf. Sie ließ Bluse und BH fallen.

Lea ging mit ihm ins Bad und blieb vor der Duschkabine stehen. Berger ging in die Kabine, stellte das Wasser an und regelte die Temperatur. Dann steckte er den Duschkopf in die Halterung und zog sie sanft unter die Dusche. Sie standen da wie in einem warmen Sommerregen. Wasserdampf umhüllte sie. Das Wasser perlte an ihren Körpern ab. Er begann erneut, sie leidenschaftlich zu küssen. Mit seinen Händen erkundete er ihren schlanken Körper, der vor Erregung leicht zitterte.

Lea begann seine pralle Männlichkeit zu massieren und Berger stöhnte kurz auf. Es dauerte nicht lange und Lea ging langsam in die Hocke. Er spürte ihre Lippen dort, wo gerade zuvor ihn ihre Hände massierten. Nach einer Weile hob er sie leicht an und drückte sie gegen die Wand. Kurze Zeit später drang er unter der Dusche in sie ein. Sie erlebten einen Orgasmus, wie er in seiner Intensität schon bei beiden recht lange zurücklag. Einen Moment lang umarmten sie sich noch. Ihr Atem beruhigte sich allmählich wieder.

„Komm", sagte Lea unruhig, als sie ihn und sich flüchtig mit einem Handtuch abtrocknete. „Lass uns ins Bett gehen."

Berger schob sie sanft aus dem Bad in Richtung Schlafzimmer. Er blickte auf ihre schmale Taille und ihren wippenden Po. Die nassen dunklen Haare klebten noch an ihrem Kopf. Kurze Zeit später lagen sie im großen Bett und verwöhnten sich erneut. Erschöpft und ineinander verschlungen lagen sie anschließend da und hingen ihren Gedanken nach.

„Danke, Thomas", begann Lea plötzlich, „Danke, dass du dir beim Treffen nichts anmerken lassen hast!" Sie drehte sich auf die Seite und stützte sich mit ihrem Ellenbogen auf der Matratze ab. Entspannt legte sie ihren Kopf in ihre Handfläche und sah Berger an, der in dem zerwühlten Bett flach auf dem Rücken lag. Ein dünnes zerknittertes Laken lag über seinem Unterleib.

„Und warum hast du dich als Karin mit einem anderen Beruf vorgestellt?", fragte Berger behutsam und zündete sich eine Marlboro an, die er von seinem Nachttisch genommen hatte. Es war in den letzten Tagen so viel geschehen, dass er gelegentlich mal wieder eine Zigarette rauchen musste. Besser als einen Whisky, dachte er, den hätte er nach diesem gemeinsam erlebten Rausch der Gefühle viel lieber genüsslich getrunken. Andererseits dachte er an seine Ina, in deren Betthälfte sich jetzt eine neue Frau räkelte ...

„Ich will dir das erklären: Ich war nach dem Unfall, den ich unter Alkoholeinfluss verursacht habe, völlig am Boden zerstört. Meine Tochter war querschnittsgelähmt. Gerade hatte ich meinen Facharzt gemacht und einen hohen Kredit für die Ausstattung der Praxis aufgenommen. Mir wuchs das alles über den Kopf. Einerseits war ich froh, dass ich aus der Unfallgeschichte glimpflich herausgekommen war, aber andererseits hatte ich große Angst, meine neu aufgebaute Existenz schnell wieder zu verlieren."

„Ich verstehe. Aber Karin und Bestatterin ... das begreife ich immer noch nicht!", unterbrach Thomas sie.

„Alleinstehend mit Kind ... eine Tätigkeit mit Schichtdiensten in einer Frauenklinik kam für mich nie infrage. Ich war ehrgeizig genug und hatte nur ein Ziel vor den Augen, eine erfolgreiche Ärztin in einer hochmodernen Praxis zu sein. Ich stand nach dem Unfall so unter Druck, dass ich zu trinken begann. Ich ging auf verschiedene Treffen der Anonymen Alkoholiker außerhalb von Schwerin. Dort wurde ich von einigen Männern so angehimmelt und fast gestalkt, dass ich es bereute, meine wahre Identität preisgegeben zu haben. Ein alkoholkranker Chirurg hatte schnell meinen Nachnamen herausgefunden und wo ich praktizierte. Er rief täglich in meiner Praxis an.

„Bei deinem Aussehen kein Wunder!", flirtete Berger und zwinkerte verschmitzt mit seinen blauen Augen.

„Genau aus diesem Grund habe ich mir einen neuen Kreis in Schwerin gesucht. Es mag überheblich klingen: Glaubst du, dass sich noch ein Mann für mich interessiert hat, nachdem ich sagte, ich sei Angestellte in einem Bestattungsunternehmen und an der rechten Hand einen auffälligen goldenen Ring trug. Das Schmuckstück sah, bewusst von mir ausgewählt, einem Ehe-Ring sehr ähnlich. Entschuldige, aber manchmal sind Männer eben einfach gestrickt. Die Männer, die mich näher kennengelernt hatten, wollten plötzlich mit einer Frau, die täglich Tote wäscht, einbalsamiert, kämmt und für Trauerfeierlichkeiten eingekleidet, nichts zu tun haben. Das ist meines Erachtens ein ähnliches Phänomen wie mit einer Prostituierten. Oder möchte ein intelligenter Mann ernsthaft eine Frau, die anschaffen geht?

Die kann noch so gut aussehen und lieb sein, das macht kein Mann mit!“ Nach einer Weile bat Lea um eine Zigarette.

„Du rauchst auch?“, fragte Thomas überrascht und gab ihr eine Marlboro, die er zuvor in seinem Mund für sie angezündet hatte.

„Gelegentlich … ganz, ganz selten“, antwortete sie und übernahm die ihr zugereichte Zigarette.

Thomas konnte wieder eine Eigenschaft feststellen, die ihm trotz aller tragischen Umstände, die er über Lea erfahren hatte, sie noch sympathischer machte. Jeder hat eben seine Last zu tragen, dachte Thomas. Perfekt wirkende Menschen waren ihm ohnehin zuwider.

Er richtete sich im Bett auf und beugte sich zu Lea herüber. „Ich komme gleich wieder. Nicht bewegen!“ Er gab ihr einen zärtlichen Kuss und verließ das Schlafzimmer. Dann sah er nach dem Feuer auf der Terrasse und kochte endlich den exotischen Tee, den er ihr schon vor einer Stunde auf dem Flur versprochen hatte.

Kapitel 18

Im Museum

Charlotte hatte noch gerade rechtzeitig ihr Taxi abbestellt, das sie um 21.30 Uhr von Wittenförden nach Schwerin bringen sollte, als es an der Tür klingelte.

Sie öffnete und sah Hendrik lächelnd an, der es sich an diesem Abend nicht nehmen lassen wollte, sie mit seinem Mercedes-Kombi abzuholen.

Charlotte war allein zu Hause und hatte Hendriks Vorschlag am Telefon dankend zugestimmt.

Nachdem er sie in den Wagen gehoben und den Rollstuhl im Kofferraum verstaut hatte, fuhren sie zum Museum.

Sie trafen zeitgleich mit dem Museumsdirektor, Prof. Dr. Georg Brandner, auf dem Parkplatz im Innenhof des Museums ein. Brandner bot Hendrik einen Sonderparkplatz neben seinem Wagen an, als er sah, wie Hendrik van Beuren den Rollstuhl seiner Praktikantin aus dem Kofferraum herausholte und neben der Beifahrertür auseinanderklappte.

Hendrik hob Charlotte aus dem Wagen und setzte sie in ihren Rollstuhl. Mit dem Fahrstuhl fuhren sie direkt ins Foyer des Museums.

Brandner bat alle seine Mitarbeiter, seine Praktikantin Charlotte Engel und den niederländischen Journalisten Hendrik van Beuren kurz vor 22.00 Uhr ins Foyer.

„Sehr geehrte Mitarbeiterinnen und sehr geehrte Mitarbeiter, ich freue mich sehr, dass wir heute gemeinsam die Nacht verbringen." Er schmunzelte bei dem zweideutigen Satz und einige Mitarbeiter rollten sofort mit den Augen. Sie kannten seine ausschweifenden Reden.

„Sie wissen aus den vergangenen Jahren, wie wichtig diese Veranstaltung für unser Haus ist", fuhr er fort.

„Bla, bla, bla", flüsterte in den hinteren Reihen eine ältere Mitarbeiterin.

Der Direktor räusperte sich kurz, rückte seine Krawatte zurecht und strich mit seiner Hand das Hemd über den Bauch glatt.

„Sie kennen doch bestimmt die Oper von Richard Wagner Der Fliegende Holländer?", fragte er in die Menge und blickte über seine Lesebrille in die Runde.

„Na klar!", antwortete ein Mitarbeiter grinsend. „Ich kenne alle Wagner-Opern und kann sie auch singen!" Die Kollegen um ihn herum lachten über dessen witzige Antwort.

„Wir haben heute das große Glück", fuhr der Direktor fort „heute in unserer niederländischen Gemäldeabteilung einen echten Fliegenden Holländer bei uns zu haben! Sicherlich haben Sie schon längst bemerkt, dass wir seit zwei Wochen einen Journalisten aus Amsterdam bei uns zu Gast haben." Brandner lächelte van Beuren zu. „Herr van Beuren recherchiert in unserem Museum für einen Verlag. Er wird uns in Kürze wieder verlassen. Ich freue mich daher ganz besonders, dass er sich heute Nacht bereiterklärt hat, mit seinem Fachwissen unseren Gästen zur Verfügung zu stehen."

Der Direktor hob plötzlich die Arme und begann enthusiastisch zu klatschen. Die Mitarbeiter, die sich von seiner Stimmung noch nicht hatten anstecken lassen, hörten betreten zu, wie das Geräusch durch das Foyer hallte. Schließlich erbarmten sich einige und applaudierten zaghaft mit.

„Ich öffne jetzt die Türen für unsere Gäste und wünsche mir, dass wir zahlreiche Besucher empfangen und nicht allzu müde morgen früh das Museum verlassen."

Mit einem aufmunternden Kopfnicken beendete er

seine Ansprache. Dann rückte er nochmals seine Krawatte zurecht, knöpfte das edle Jackett zu und schritt zum Eingangsbereich, um die Veranstaltung zu eröffnen.

Brandner öffnete die großen Flügeltüren des Haupteingangs und sah freudig auf eine Schlange von Menschen, die geduldig auf den Einlass gewartet hatten. Die Menschenmenge schob sich langsam hinein. Einige Besucher gingen zuerst auf einen Tisch im Foyer zu, auf dem kostenlose Souvenirs zum Mitnehmen platziert waren. Immer das Gleiche, wenn es etwas umsonst gibt, dachte Brandner. Er freute sich aber dennoch auf den Ansturm der Leute.

Die Angestellten machten sich auf den Weg zu ihren vorgeschriebenen Plätzen. Jedem war ein Raum zugewiesen worden, wo er auf die Kunstwerke achten und Fragen beantworten sollte.

Hendrik schob den Rollstuhl mit einer strahlend gutgelaunten Charlotte in den größten und schönsten Saal des Museums, die Galerie der Alten Meister. Die Gefühle für Hendrik hatten Lotti den Streit mit ihrer Mutter schnell vergessen lassen.

Klassische Musik verlieh dem Museum in dieser Nacht ein ganz spezielles Flair. Der Besucheransturm nahm um Mitternacht sogar noch deutlich zu.

Hendrik verstand es, mit seinem niederländischen Akzent die Besucher galant zu unterhalten. In den Gruppen, die er betreute, wurde häufig gelacht. Er erzählte über die niederländische und flämische Malerei des 17. und 18. Jahrhunderts und trug mit interessanten Anekdoten über die jeweiligen Maler ganz entscheidend dazu bei, dass sich seiner Gruppe immer mehr Besucher anschlossen.

Direktor Brandner entging dies nicht und bot ihm später sogar an, für die restliche Zeit, die er noch in Schwerin war, Führungen auf Honorarbasis durchzuführen.

„So nett und zuvorkommend wurde ich noch in keinem

Museum aufgenommen. Den meisten Museumsangestellten war ich bisher nur eine Last mit meinen vielen Fragen und den nervenden Fotos", erwiderte Hendrik. Er freute sich über das Angebot von Brandner und nahm es dankend an.

Wenn gerade keine Besucher in der Nähe von Hendrik und Charlotte waren, flirteten sie heftig miteinander. Er streichelte zärtlich über ihr Haar und küsste die Fingerkuppe seines Zeigefingers, die er anschließend auf ihren Mund zubewegte und leicht auf ihre Lippen drückte.

Charlotte saß an diesem Abend in ihrem eleganten dunklen Hosenanzug in ihrem Rollstuhl und freute sich über das Engagement ihres Freundes.

„Ich habe deine Befunde heute Nachmittag digitalisiert und meinem Onkel bereits zukommen lassen!", verkündete Hendrik. „Sie liegen jetzt einem Spezialistenteam im neurochirurgischen Institut vor."

„Das ist ja wunderbar! Vielen Dank, Hendrik!", antwortete Charlotte aufgeregt.

Sie erinnerte sich an den zärtlichen Kuss am letzten Abend und konnte ihr Glück kaum fassen, Hendrik kennengelernt zu haben.

Hendrik und Charlotte schmiedeten bereits Pläne für eine gemeinsame Zukunft. Ob sie nun irgendwann wieder laufen konnte oder nicht, das war für beide an diesem Abend erst einmal zweitrangig.

Kapitel 19

Zweisamkeit

Thomas Berger stand um zwei Uhr morgens in der Küche und suchte nach dem Tee, den er Lea versprochen hatte. Er hatte bereits Wasser aufgesetzt, Teekanne und Gläser bereitgestellt. Nachdem er die Packung Jasmin-Tee in der Hand hatte und sich erinnerte, dass Ina ihm diese Sorte immer zur Senkung seines Cholesterinspiegels gekocht hatte, entschied er sich für die karibische Mischung. Mit einem kleinen Tablett ging er zurück ins Schlafzimmer zu Lea. Sie setzte sich im Bett auf und legte sich ein Kissen in den Rücken. Mit einem Laken bedeckte sie ihre Brüste.

„Wir sind schon zwei ...“, begann Lea schmunzelnd, „andere würden jetzt Champagner schlürfen. Wir genießen Tee! Der riecht ja herrlich“, stellte sie fest.

„Das ist eine karibische Mischung … exotische Frau, heiße Nacht … das passt doch!“, erwiderte Berger und goss bereits den Tee in die Gläser.

Lea nahm ein Glas und probierte vorsichtig, da der Tee noch heiß war.

„Mmmhhh, köstlich. Das tut gut … nach diesem Tag!“ Lea stellte das Glas vorsichtig auf dem Nachttisch neben ihr ab.

„Was war denn außer mir heute noch so aufregend?“, fragte Thomas augenzwinkernd.

„Mark Röder muss bei mir gewesen sein. Es stand ein Geschenk für mich vor der Haustür.“

„Wieso sagst du muss? Weißt du es nicht genau und

vermutest es?“ Thomas fiel sofort in die Rolle des Kommissars und setzte die Unterhaltung wie ein Verhör fort.

„Das Geschenk kann nur von ihm gewesen sein. Er hat es selbst abgelegt oder jemanden beauftragt, es vor meine Tür zu stellen. Es war eine Flasche Cognac, an der ein rotes Matchbox-Auto angebunden war. Auf der Frontscheibe war die Zahl 10000 raufgeschmiert. So ein Idiot … und geschmackloser geht es wohl nicht! Für wie blöd hält er mich eigentlich?“

„Hast du die Sachen als Beweismittel sichergestellt?“ bohrte Berger nach.

„Neee, die Buddel ist mir vor Schreck aus der Hand gefallen und hat eine riesige Sauerei vor meiner Tür verursacht. Anschließend ging es bei mir richtig rund.“

„Was ist denn noch passiert?“, fragte Berger nach.

„Ich habe mich wie eine hysterische Furie aufgeführt und meine Tochter dann wegen Belanglosigkeiten beschimpft. Die wurde frech, hat mich provoziert und dann habe ich ihr eine geknallt … Das ist mir noch nie passiert!“ Leas Stirn warf sich vor Sorge in Falten, als sie sich erinnerte. „Dann gab ein Wort das andere“, fuhr sie fort. „Sie wollte ihre sämtlichen Krankenbefunde für ihren Freund haben. Der scheint ein Wunderheiler zu sein und hat ihr wohl Flausen in den Kopf gesetzt, dass sie bald wieder gehen könne!“, echauffierte Lea sich.

Ich habe dann im Bad auf Lottis Handy herumgeschnüffelt, das sie dort vergessen hatte. Jetzt weiß ich erst einmal den Namen … Ein Hendrik van Beuren raspelt Süßholz und schickt meiner Tochter eine liebevolle SMS nach der anderen. Ich habe auch in ihrem Fotoarchiv nach Bildern gesucht, um mal zu sehen, wie der Hendrik so ausschaut … Geschmack hat sie, das muss man ihr lassen!“

„Ganz die Mama!“ grinste Berger. „Nun mal im Ernst. Das Cabrio und der Cognac … das war Röder. Ziemlich naiv von ihm, zu denken, dass das nicht rauskommt und du nicht zur Polizei gehst! Andererseits sei doch froh, dass deine Tochter einen so gutaussehenden Freund hat, und der sich dann noch um ihre Gesundheit Gedanken macht."

„Ja, du hast vermutlich recht! Der Hendrik tut ihr gut. Sie war beim Friseur und hat sich neue Klamotten zugelegt. Sie blüht seit kurzem richtig auf. Genau an diesem Punkt bin ich dann immer unendlich traurig, dass ich damals angetrunken den Unfall verursacht habe und sie deshalb im Rollstuhl gelandet ist."

„Du sagtest doch, es war Glatteis. Vielleicht wäre der Unfall auch so passiert", versuchte Berger Leas Schuldgefühle ein wenig zu entkräften.

„Mag sein. Ich kann mir das niemals verzeihen und habe höllische Angst vor Mark ... dass alles, jetzt nach so vielen Jahren, herauskommt. Ich hätte meiner Tochter längst die Wahrheit sagen müssen und erst recht, wer ihr Vater ist. Wie konnte ich mich bloß in diesen Kerl verlieben? Nein, ich musste ihn meiner Freundin Sophie nicht nur ausspannen! Ich musste auch noch schwanger von ihm werden!" Ihre Stimme hatte einen sarkastischen Tonfall angenommen.

„Die Wahrheit schmerzt immer! Und deshalb bist du jetzt wieder zu den Anonymen Alkoholikern gegangen? Du warst doch trocken, oder? Du siehst nicht so aus, als wenn du ständig Alkohol trinken würdest." Berger beantwortete sich mit dem Satz seine Frage selbst und hoffte sehr, dass sie ihm nicht widersprach.

„Ja, ich bin trocken. Aber es ist eine heimtückische Krankheit, die nur lauert, wieder auszubrechen, um alles kaputt zu machen, was du dir mühsam aufgebaut hast. Ich war in den letzten Tagen an meinem äußersten Limit angelangt und kurz davor, wieder mit dem Trinken zu beginnen. ... Wieso bist du bei den Anonymen Alkoholikern?", fragte

Lea nach einer kurzen Pause. „Du siehst auch nicht gerade aus, als würdest du an der Flasche hängen“, stellte sie fest.

„Das stimmt. Ich bin gerade krankgeschrieben, weil ich in letzter Zeit auffallend viel getrunken habe. Mein Chef hat mir eine allerletzte Chance gegeben, sonst flieg ich raus. Ich war gerade beim Arzt und der hat mir empfohlen … bei meiner Vorgeschichte“, fügte er schnell ein, „einen Psychologen aufzusuchen. Bei dem bekommt man aber erst in ein paar Monaten einen Termin. Daraufhin habe ich mich entschlossen, einfach mal in so einen Kreis zu gehen, um für mich herauszubekommen, wo ich stehe und wo ich niemals hin möchte“, beendete Berger den Satz. Bitte frag jetzt nicht nach meiner Vorgeschichte, dachte er sofort. „Ich war zwei Monate in einer Klinik für psychosomatische Erkrankungen in Ahrenshoop. Dort sollte ich meine optimistische Lebenseinstellung zurückgewinnen. Das Fundament hatten die Ärzte gelegt. Die Umsetzung wäre schwierig, dessen waren sich die Mediziner mit ihrer Prognose einig. Ich bin gerade dabei, mein Leben neu zu sortieren.“

„Darf ich nach deiner Vorgeschichte fragen, Thomas?“, fragte Lea behutsam und schaute ihm direkt in die Augen.

Da war sie auch schon: die Frage nach der Vorgeschichte! Das musste ja kommen, dachte er und goss erst einmal Tee in die Gläser nach, um etwas Zeit zu gewinnen und seine Gedanken zu ordnen. Ein falscher Satz und die Frau ist weg … nicht nur für heute, sondern für immer, mutmaßte Thomas.

„Okay. Es fällt mir nicht leicht, darüber zu sprechen, und sicherlich wirst du mit so einer Geschichte nicht rechnen. Es ist aber die Wahrheit“, begann er leise und holte tief Luft.

„Wenn du nicht darüber reden möchtest, dann musst du es auch nicht!“, unterbrach Lea ihn. „Schließlich kennen wir uns ja noch gar nicht richtig.“

„Ich möchte dich aber näher kennenlernen, und dazu

gehört meine Geschichte. Bitte hör sie dir genau an und urteile nicht vorschnell, ja?", bat er sie.

„Okay." Lea sah ihn gespannt an.

„Ich war mit meiner Frau Ina eigentlich über 20 Jahre glücklich verheiratet. Eigentlich sage ich dabei ganz bewusst. Es waren wunderschöne gemeinsame Jahre. Ich liebe meine Frau noch heute. Ina konnte leider keine Kinder bekommen. Damit hatten wir uns abgefunden. Wir hatten trotzdem ein erfülltes Leben … Nur unser Sexleben ist nach und nach auf der Strecke geblieben. Ich weiß, es ist nicht das Wichtigste! Aber so eine schöne Nacht mit leidenschaftlichem und tabulosem Sex, wie wir sie gerade verbringen, gab es in unserer Ehe leider nie. Und warum nicht, wirst du fragen … Weil ich zu feige war, anzusprechen, was ich mir von Ina wünschte. Es kam, wie es in den meisten langjährigen Beziehungen kommen musste: Ich lernte eine Frau kennen, der ich nicht widerstehen konnte. Thomas Berger musste eine Affäre mit seiner Kollegin anfangen. Sie ist bedeutend jünger, sieht sexy aus und gab mir sexuell das, was ich vermisste. Die Sache hatte nur den Haken: Ich war nicht nur ihr Kollege, sondern sogar ihr Vorgesetzter!"

„War? Ist es aufgeflogen und sie ist aufgrund dessen versetzt worden?", fragte Lea nach.

„Das wäre die einfache Lösung gewesen … Nein, bei Thomas Berger ist es immer kompliziert! Meine Kollegin ist jung und hat tatsächlich gedacht, sie kann meine Ehe zerstören, die ja bis auf den Sex bestens war. Es war für mich wirklich nur der Sex. Für sie aber nicht! Dann wurde sie von mir schwanger. Ich habe nicht einmal gewusst, dass sie heimlich die Pille abgesetzt hatte und erfuhr im Streit, dass sie ein Kind von mir erwartet. Sie wurde krankhaft eifersüchtig und ist völlig durchgedreht!"

„Und wo ist sie jetzt? Wo lebt sie mit deinem Kind? Wo ist deine Frau? Seid ihr geschieden?", unterbrach Lea ihn.

„Warte ab! Meine Kollegin hat völlig die Beherrschung und die Kontrolle über sich verloren! Sie hat meine Frau und meine langjährige Tennispartnerin, mit der ich überhaupt nichts hatte, vorsätzlich umgebracht."

Lea verschluckte sich an ihrem Tee. Sie glaubte nicht, was sie gerade gehört hatte.

„Was ist denn mit dem Kind geworden?", fragte Lea. Ihre Hand zitterte und der Tee schwappte fast über. Das bemerkte Thomas in seinem Redeschwall jedoch nicht.

„Sie sitzt seitdem in Untersuchungshaft. Dort soll sie gestürzt sein und ist jetzt angeblich im Krankenhaus … liegt schwerverletzt im Koma. Ich weiß nicht, was mit meinem Kind ist." Berger begann ebenfalls zu zittern, war aber erleichtert, Lea die Wahrheit gesagt zu haben.

Lea war fassungslos.

„Das ist ja heftig. Mit einer solchen Geschichte habe ich wirklich nicht gerechnet. Einen Moment bitte … der Tee!", mit diesen Worten stand sie auf und ging zur Toilette.

Lea war entsetzt darüber, was sie gerade gehört hatte und dass sie selbst urplötzlich Teil dieser Geschichte geworden war. Sie schaute in den Spiegel über dem Waschbecken. Sie war blass und zitterte am ganzen Körper. Ellen Arnold und Thomas Berger … das war doch nicht möglich! Warum kann ich nicht einmal im Leben einen völlig normalen Mann kennenlernen, fragte sie sich. Sie spülte die Toilette, wusch sich die Hände und ging nach einem Moment der Besinnung langsam zurück ins Schlafzimmer.

„Das ist wirklich unglaublich, was du erlebt hast, Thomas! Ich bin geschockt und ehrlich gesagt sprachlos!" Lea ließ sich nichts anmerken und sagte auch nicht, dass Ellen bei ihr in der Praxis war, um eine Abtreibung gebeten hatte und anschließend schwer im Treppenhaus gestürzt war.

„Ich bin erleichtert, dass es raus ist und wir beide wissen, woran wir sind." Thomas legte sich bequem hin.

Lea knipste das Licht aus und kuschelte sich an Thomas heran. Er fiel sofort in einen tiefen Schlaf.

Nach dieser Offenbarung konnte Lea nicht einschlafen und hörte plötzlich ihr Handy in der Tasche im Flur leise summen. Sie löste sich vorsichtig aus Bergers Umarmung und schlich aus dem Schlafzimmer. Hinter sich schloss sie die Tür. Lea nahm den Anruf sofort an, nachdem sie die Nummer von Mark Röder auf dem Display gesehen hatte. Zu groß war ihre Neugier, was Mark mitten in der Nacht von ihr wollte.

„Spinnst du! Was willst du um diese Uhrzeit von mir?“, flüsterte sie.

„Die 10000 Euro!“, antwortete er.

„Woher soll ich so schnell diese Summe auftreiben?“, fragte sie leise.

„Ist schon tragisch, wenn Kinder plötzlich auf Nimmerwiedersehen verschwinden oder in der Zeitung steht Tödlicher Sturz einer Rollstuhlfahrerin von der Schweriner Museumstreppe!“

„Was? Wo bist du!“ Lea zitterte am ganzen Körper.

„Im Museum. Ich warte am Eingangsbereich bei den Löwen-Skulpturen. Aber ich warte nicht mehr lange!“, drohte er ihr.

Das Schwein beobachtet nicht nur mich, sondern auch Charlotte, dachte sie wütend.

„Rühr dich nicht von der Stelle. Ich komme hin.“ Lea beendete das Telefonat. Sie ging in die Wohnstube und kramte all ihre Sachen in der Dunkelheit zusammen. Schnell zog sie vor der Couch ihre Schuhe an und stieß dabei mit ihrem großen Zeh an etwas Kaltes. Sie bückte sich, um den Gegenstand aufzuheben, den sie gerade schmerzhaft berührt hat. Lea hielt plötzlich Bergers Waffe in der Hand, die er einfach unter der Couch versteckt, jedoch nicht weit genug nach hinten geschoben hatte. Sie nahm die Pistole, steckte sie in ihre Handtasche und schlich sich aus dem Haus. Anschließend blickte sie sich noch einmal um und wartete ab, ob Licht im Haus anging. Nichts. Lea stieg in den Leihwagen und fuhr zum Museum. Knaudtstraße, Werderstraße und schon war sie am Alten Garten. Sie stand direkt vor dem hell angestrahlten Museum und machte den Motor aus. Schnell knallte sie die Fahrertür zu. Sie war so in Rage, dass sie in der Aufregung sogar die Autoschlüssel stecken ließ. Mit der Waffe in ihrer Handtasche lief sie los. Sie übersprang jeweils eine Stufe auf der langen Treppe hinauf zum Haupteingang. Oben angekommen, hielt sie hektisch nach Mark Röder Ausschau.

Wo ist das Schwein, fragte Lea sich mehrmals. Ihr Herz raste mit mindestens 180 Schlägen pro Minute. Sie suchte im Schatten der beiden großen Löwen-Skulpturen ihren Erpresser.

„Wo hat sich dieser Mistkerl bloß versteckt ...“

Kapitel 20

Die Katastrophe

Mark Röder stand nicht im Eingangsbereich des Museums. Fieberhaft blickte Lea sich um. Was sollte sie tun? Schließlich lief sie aufgeregt ins Museum hinein und hastete durch die Hallen. Hoffentlich war er nicht dort, wo Lotti Dienst hatte? So dreist würde er doch nicht sein?

Völlig außer Atem lief sie von der Porzellanausstellung zur modernen Kunsthalle. Sie konnte ihn nirgends erblicken.

Sie verlangsamte ihre Schritte. In der großen Halle der niederländischen Meister sah sie ihre Tochter im Rollstuhl sitzen. Lotti unterhielt sich angeregt mit zwei Herren und war sichtlich guter Laune.

Lea stockte der Atem, als sie Mark Röder neben Lotti erkannte. Sie kramte in ihrer Handtasche, während sie zu ihrer Tochter lief.

„Sei ruhig, glaub ihm gar nichts!“, schrie sie ihrer Tochter von weitem zu. Die Besucher und ein Mann vom Sicherheitspersonal warfen ihr erstaunte Blicke zu, aber Lea beachtete sie nicht, sondern rannte schnurstracks zu ihrem Kind. „Nimm deine dreckigen Pfoten weg!“, brüllte sie Mark an, der Lotti gerade einen Prospekt abnahm. Lea zog die Waffe aus der Tasche.

Mark blickte ihr entsetzt ins Gesicht, und dann glitt sein Blick nach unten. Er sah direkt in den Lauf der Pistole.

Die Besucher bemerkten dies und liefen schreiend aus dem Saal. Sie drängelten vor die Tür, um möglichst schnell den gefährlichen Ort zu verlassen. Ein Wachmann hatte

Alarm ausgelöst, der jetzt durch das gesamte Museum schallte.

„Mama!", schrie Lotti. „Bist du verrückt geworden! Das ist ein Studienfreund meines Vaters! Was soll das?"

„Hat er dir das erzählt?", fragte Lea irritiert. Sie ließ die Waffe jedoch auf Mark gerichtet.

„Ja, das hat er!", mischte sich Hendrik ein. „Machen Sie sich und Ihre Tochter nicht unglücklich, Frau Engel. Ganz ruhig mit der Waffe! Geben Sie mir die Pistole ganz langsam!" Hendrik streckte Lea zaghaft seinen Arm entgegen.

Lea wurde von einer Sekunde zur anderen bewusst, in welch fatale Lage sie sich gebracht hatte und was der Tod von Mark Röder für Folgen hätte. Sie zitterte. Ihre Augen wanderten hektisch zu Mark, zu Lotti und zu Hendrik zurück.

„Wer sind Sie?", fragte Lea.

„Das ist Hendrik, Mama. Er ist mein Freund!"

„Hendrik van Beuren", vervollständigte er seinen Namen. „Bitte geben Sie mir jetzt die Waffe. Das bringt doch nichts!", versuchte er Lea zu beruhigen.

Mark Röder stand in Schockstarre da und sagte gar nichts. Sein Gesicht war blass. Seine Arme hingen gerade am Körper herunter. Bloß nicht bewegen, die dreht durch, dachte er ängstlich.

„Bitte Frau Engel, es nähert sich von hinten ein Wachmann. Geben Sie mir schnell die Waffe und ich rufe ihm laut zu, dass alles in Ordnung ist. Bitte!", forderte Hendrik laut mit Nachdruck.

Lea ergriff den letzten Strohhalm und gab auf. Sie reichte Hendrik die Waffe und beugte sich zu ihrer Tochter herunter. Mark Röder atmete erleichtert auf und lockerte seine verkrampfte Haltung ein wenig.

„Ich weiß gar nicht, was Sie haben. Ich habe lediglich Ihrer Tochter von ihrem Vater erzählt", sagte Röder und grinste hämisch. Er tat so, als würde er Lea Engel das erste

Mal begegnen und siezte sie.

Der Wachmann steckte seine Waffe ein und kam ebenfalls sichtlich ruhiger auf die vier Personen zu, nachdem Hendrik ihm laut zugerufen hatte, dass alles in Ordnung sei, und die Waffe hoch in die Luft gestreckt hielt.

Als der Wachmann fünf Meter von Hendrik entfernt war, richtete Hendrik plötzlich die Waffe auf ihn und zog eiskalt mit seinem Zeigefinger den Abzug durch. Es gab einen ohrenbetäubenden Knall, und der Wachmann sackte in sich zusammen. Die beiden Frauen schrien laut. Röder warf sich geistesgegenwärtig zu Boden.

Hendrik schaute die beiden Frauen an und brüllte: „Ruhe jetzt! Sonst seid ihr die Nächsten!"

Lea und Lotti wussten nicht, was ihnen geschah, und waren geschockt.

„Runter auf den Boden!", schrie Hendrik. „Du auch, Darling!" Er sprach Lotti direkt an und zwang sie somit, aus dem Rollstuhl zu klettern.

„Was soll das, Hendrik?", wimmerte Lotti.

„Halts Maul und ruf den Direktor mit deinem Handy! Nun mach schon! Schnell, ehe die Bullen kommen!", befahl er ihr.

Lotti lag auf dem Boden und tippte schnell die Nummer des Direktors in ihr Handy. Sie hörte es nebenan laut klingeln. Museumsdirektor Brandner hatte sich hinter einer Glasvitrine versteckt und das Ganze aus sicherer Entfernung beobachtet. Er hatte längst die Polizei informiert und traute sich nicht aus dem Versteck heraus. Das Handyklingeln hatte seinen Standort verraten.

Hendrik sah ihn und schrie zu ihm: „Herkommen, sonst sind hier alle tot und du gleich mit!"

Brandner kam zitternd auf Hendrik zu. Er hatte Schweißperlen auf der Stirn und atmete flach und schnell.

„Hendrik, bitte, was soll das?", jammerte Lotti auf dem

Boden liegend.

„Halt's Maul! Hast du im Ernst gedacht, ich verliebe mich in einen Krüppel? Schau dich doch mal an!“, brüllte er.

„Brandner!“, rief Hendrik.

„Ja, was wollen Sie denn von mir? Ich habe Ihnen doch nichts getan?“, antwortete Brandner leise und zitterte. Er war kreidebleich, und das wenige Haar klebte klitschnass an seiner Halbglatze.

„Zügig jetzt! Sofort die Sicherung vom Bild entfernen und die Alarmanlage ausschalten!“ Hendrik zeigte mit der Waffe auf das Gemälde Die Torwache von Carel Fabritius. „Den Holzrahmen abmachen und die Leinwand einrollen! Zügig, sonst bist du tot!“

„Nein, nein … bitte nicht schießen, ich mache ja alles, was Sie wollen!“, flehte Brandner. „Ich kann den Alarm nicht ausschalten. Das ist technisch nicht möglich!“

„Dann das Bild … schnell und keine Tricks!“, forderte Hendrik van Beuren.

Brandner riss eines der wertvollsten Gemälde des Museums von den Metallschnüren und brach den Holzrahmen ab, ohne das Bild zu beschädigen. Er rollte die Leinwand hektisch zusammen.

„Fertig“, rief er van Beuren entgegen und hoffte, dass die Polizei jeden Moment mit einem riesigen Aufgebot eintreffen würde.

„Los! Mitkommen!“, wies er Brandner an. „Und ihr Drei rührt euch nicht von der Stelle, sonst knallt es!“, rief er in Richtung Lotti.

„Vorwärts, du Trottel, zu meinem Wagen!“, forderte van Beuren den Direktor auf.

Dieser lief mit dem eingerollten Gemälde vor Hendrik van Beuren in den Innenhof des Museums. Van Beuren zog sein Handy raus und telefonierte.

„Programmieren!“, hörte Brandner seinen Verfolger in

einem Befehlston, der ihm noch mehr Angst machte, als er ohnehin schon hatte.

An van Beurens Auto angekommen, hörte Brandner den Befehl „Achtung!“ hinter sich. Er zitterte und harrte ängstlich der Dinge, die jetzt passieren würden.

Van Beuren holte aus dem Kofferraum seines Mercedes eine Drohne heraus. Der Quadrocopter sah aus wie ein Spielzeug-Hubschrauber aus einem Metallbaukasten. Van Beuren riss Brandner die eingerollte Leinwand aus der Hand und legte sie in eine Plastikröhre, die genau die Breite des Gemäldes hatte und am Flugkörper angeschraubt war.

„Start!“, schrie van Beuren in sein Handy.

Brandner glaubte nicht, was er sah: Ein Hightech-Flugobjekt mit seinem Gemälde an Bord stieg in den Schweriner Nachthimmel auf und verschwand über der Goldkuppel des gegenüberliegenden Schlosses.

„So, Brandner! Einsteigen!“, brüllte van Beuren und warf ihm die Autoschlüssel seines Mercedes zu. „Du fährst!“, befahl er im fiesen Befehlston.

Brandner fing den Schlüssel nicht auf und musste sich bücken, um ihn vom Boden aufzuheben. Dabei bemerkte der Direktor, wie ein schwarzer Schatten in Nähe des Dachgiebels verschwand.

Brandner ging mit dem Autoschlüssel zur Fahrertür, simulierte ein Stolpern und fiel zu Boden.

„Du mieses Stück!“, schrie van Beuren und richtete die Waffe direkt auf ihn. Die Szene glich einer bevorstehenden Hinrichtung.

Hendrik van Beuren hatte den Arm noch nicht ganz gestreckt in Position gebracht, da fiel plötzlich ein Schuss. Ein Präzisionsschütze des SEK hatte van Beuren direkt in den Kopf geschossen, um ihn sofort bewegungsunfähig zu machen. Das Risiko, dass van Beuren noch einen Schuss auslöst, war zu groß. Die Wucht schleuderte van Beuren an sein Auto. Von dort glitt er in Zeitlupe zu Boden. Er war augenblicklich tot.

Aus allen Winkeln des Museums kamen vermummte SEK-Beamte. Zwei von ihnen zogen den Direktor vom Wagen weg und brachten ihn in Sicherheit. Ein Beamter kickte mit seinem Fuß die Waffe aus van Beurens Hand weg.

„Gesichert", rief er seinen Kollegen laut und deutlich zu.

„Einsatz beendet", hörte der SEK-Beamte einen Augenblick später in seinem Headset.

Kapitel 21

Verwunderung

Nach ein paar Minuten kam der Einsatzleiter des SEK zusammen mit Dirk Wegner von der Polizeiinspektion zu Direktor Brandner, der gerade von einem Notarzt versorgt wurde.

„Es geht schon wieder“, murmelte Brandner und wollte aufstehen.

„Sie kommen auf jeden Fall zur Beobachtung mit ins Krankenhaus!“, widersprach der Arzt energisch.

„Hätte der Kerl doch nur das Bild geklaut und uns nicht alle ins Unglück gestürzt ... und ich scherzte gestern noch vor meinen Mitarbeitern und sprach von einem fliegenden Holländer ...“, sagte Brandner traurig.

„Interpol hat gerade gemeldet, dass van Beuren für einen international operierenden Kunstdiebring arbeitet. Das Bild werden wir zurückbekommen, die Kollegen sind zuversichtlich“, beruhigte Dirk Wegner den Direktor.

„Das Bild ist scheißegal. Es muss nicht wiederbeschafft werden“, erwiderte Brandner in beinahe lässig klingendem Tonfall.

„Wie meinen Sie das?“, fragte Wegner. „Es wird bereits weiträumig gefahndet. Irgendwo muss die Drohne ja schließlich landen“, gab Wegner in zuversichtlichem Ton von sich.

„Nicht notwendig!“, wiederholte Brandner.

„Nein? Wieso denn nicht?“, fragte Wegner irritiert.

„Ganz einfach: Es ist eine Fälschung, die uns eben davongeflogen ist!"

„Eine Fälschung? Das glaube ich nicht!" Der Kommissar sah Brandner misstrauisch an.

„Kommen Sie mal mit, ich zeige Ihnen was!", forderte der Direktor ihn auf.

Gemeinsam gingen sie in einen gesicherten Kellerbereich des Museums.

Vor einem riesigen Tresor blieben sie stehen. Brandner tippte eine Zahlenkombination ein. Die Tür öffnete sich und Brandner zog vorsichtig ein Bild aus dem obersten Fach.

„Das ist das Original!", sagte er lächelnd und stand da mit der Torwache von Carel Fabritius in seinen Händen.

„Nein, das glaube ich jetzt nicht. Sie scherzen!", erwiderte Wegner „Für einen Direktor, dem gerade ein wichtiges Kunstwerk gestohlen wurde, haben Sie wirklich einen bestechenden Humor!"

„Kein Scherz: Dies ist das Originalgemälde! Mein Freund Herbert Reuss ist legaler Kunstfälscher. Er hat mehrere Werke nachgemalt, die sogar im Kunstfälscher-Museum in Binz auf Rügen zu bewundern sind. Wir hatten eine Wette abgeschlossen. Herbert behauptete, dass niemand bei der Torwache den Unterschied zwischen Original und seiner Fälschung bemerken würde. Ich versprach ihm, das Original zu verschließen und die Fälschung im Museum auszuhängen.

Noch vor ein paar Wochen haben wir telefoniert und uns darüber amüsiert, dass seit zwei Jahren die Fälschung unbemerkt im Museum hängt. Mein Einsatz betrug gerade mal 100 Euro ..." Er grinste.

„Dann hat Herbert Reuss die Wette wohl gewonnen!" erwiderte Dirk Wegner bewundernd. „Und Sie sind 100 Euro los!"

„Aber zu welchem Preis?", sagte Brandner traurig. „Der Wachmann ist tot, nicht wahr?"

„Ihm konnte leider nicht mehr geholfen werden. Aber den internationalen Kunstdiebring werden wir enttarnen und zerschlagen. Darauf können Sie sich verlassen!"

„Sie müssen doch schon nah dran gewesen sein", fuhr Brandner fort. „Vor ein paar Tagen rief ein Hauptkommissar Berger an und wollte mich zu einer Reinigungskraft meines Hauses befragen, die tödlich verunglückt ist. Meine Mitarbeiterin hätte Fotos auf ihrer Kamera, auf denen Handwerker im Museum abgebildet sind. Wir haben gegenwärtig gar keine Handwerker im Museum. Ich möchte wetten, dass der van Beuren bestimmt auch auf den Fotos zu sehen ist!", beendete Brandner seine Vermutungen.

Es war mittlerweile hell geworden, und die Einsatzfahrzeuge der Polizei zogen vom Museum ab.

Lea und Lotti Engel wurden von einem Krankenwagen ins Klinikum gefahren. Sie waren erschüttert, dass Hendrik van Beuren alle getäuscht hatte. Es überwog jedoch die Erleichterung, noch am Leben zu sein.

Mark Röder war geflüchtet, als van Beuren mit dem Direktor die Galerie verließ. Er hatte unbemerkt das Museumsgebäude verlassen und verdankte van Beuren, dass Lea Engel ihn nicht erschossen hatte. Aber die Sache war für ihn, aufgrund der Erpressung von Lea Engel, noch lange nicht ausgestanden. Das wusste er.

Kapitel 22

Böses Erwachen

Berger erwachte in seinem zerwühlten Bett und wunderte sich, dass Lea gegangen war, ohne sich zu verabschieden. Er ging auf Toilette und anschließend ins Wohnzimmer, um seine Kleidung aufzuheben und sich anzuziehen.

Dann ging er in die Hocke, um seine Dienstwaffe unter der Couch hervorzuholen, die er dort versteckt hatte. Er war abends zu faul gewesen, sie in seinem Tresor einzuschließen, als er den plötzlichen Anruf von Lea Engel erhalten hatte.

Berger hockte da und griff ins Leere. Er wischte mit seiner Hand suchend den Boden weiträumig ab, dann legte er sich flach auf den Bauch und guckte in den schmalen Hohlraum.

Nichts! Die Waffe war nicht mehr da! Sofort rief er die Leitstelle der Polizei an.

„Polizeiinspektion Schwerin, Leitstelle, Hauptkommissar Niemann am Apparat."

Oh nein, dachte Berger, der hatte ihm gerade noch gefehlt!

„Guten Morgen! Thomas Berger hier. Mir wurde meine Dienstwaffe gestohlen!", sagte er und bemühte sich um einen sachlichen Ton, da er wusste, dass das Gespräch aufgezeichnet wurde.

„Na, auch schon wach!", antwortete Paul Niemann sarkastisch.

„Hör auf zu scherzen und informiere Wegner und das Lagezentrum im Innenministerium. Sofort!", fuhr Berger seinen Kollegen an.

„Ist nicht notwendig. Während du schliefst, haben wir deine Dienstwaffe schon sichergestellt!“

„Was? … Wo denn?“, fragte Berger aufgeregt. Er wusste, dass nur Lea im Besitz der Waffe sein konnte.

„Es gab zwei Tote heute Nacht im Museum!“, warf Niemann ihm einen weiteren Brocken zu. Paul Niemann freute sich, es Berger heimzahlen zu können. Er stellte sich vor, wie Berger zu Hause mit den gerade gehörten Informationen vermutlich durchdrehte.

„Wer ist tot? Nun rede schon!“, bohrte Berger nach. „Lass dir nicht alles aus der Nase ziehen!“

„Wir haben zwei Tote. Eine Frau Dr. Lea Engel hatte deine Waffe gestohlen! Wo und wobei sie dir die Waffe geklaut hat, wirst du ja am besten wissen!“, rückte Niemann raus und verheimlichte bewusst die restlichen Erkenntnisse, die ihm vorlagen.

„Ist sie tot?“, schrie Berger verzweifelt. Er trat nervös von einem Bein auf das andere und wollte nicht glauben, die Worte „zwei Tote und Lea Engel“ in einem Satz gehört zu haben.

Paul Niemann wurde der Dialog nun doch zu heiß. Er klärte seinen Kollegen in einem sachlichen Tonfall auf, was sich nachts im Museum genau zugetragen hatte.

„Dieses Telefonat hat ein Nachspiel, du Idiot! Darauf kannst du dich verlassen!“, drohte Berger ihm.

„Nein, warte doch mal! Stell dir mal vor: Bei dem toten Hendrik van Beuren haben wir sogar den Ausweis und die EC-Karte von der Frau, die in der Goethestraße aus dem Fenster gestürzt ist, gefunden. Wir müssen auch hier von einer Straftat ausgehen und nicht von Suizid!“ Paul Niemann versuchte, mit den neuen Informationen Berger auf die Sachebene zurückzuholen und den Streit etwas zu schlichten.

„Ja, darum kannst du dich schon einmal kümmern. Ich

bin eine Woche nicht im Dienst! Es muss einen Zusammenhang geben! Dem Museumsdirektor hatte ich eine Befragung zu seiner Reinigungskraft bereits angekündigt.“ Berger beendete mit diesen Sätzen das Telefonat, ohne sich zu verabschieden und mitzuteilen, warum er nicht im Dienst sei. Er ging zitternd an den Schrank, nahm die halbvolle Whisky-Flasche heraus, schraubte sie hektisch auf und wollte sie gerade ansetzen …

Nein, dachte Berger, nahm die Flasche und ging in die Küche. Er goss den Alkohol ins Abwaschbecken. Dann drehte er schnell den Wasserhahn auf und spülte den Whisky weg.

Kapitel 23

Mut

Lea und Lotti Engel waren in einem Zwei-Bett-Zimmer des Klinikums Schwerin untergebracht worden. Beide standen unter starken Beruhigungsmitteln. Lea wachte zuerst auf und wusste im ersten Moment gar nicht, wo sie sich befand. Sie blickte auf das Bett neben ihr. Ihre Tochter schlief und rührte sich nicht. Der Anblick des Rollstuhls, der am Fußende stand, versetzte Lea in Angst. Sie erinnerte sich an die vergangene Nacht und machte sich große Vorwürfe. Hoffentlich hatte Lotti den Vorfall unbeschadet überstanden!

Sie griff nach dem Glas Wasser, das auf ihrem Nachttisch stand, und trank einen Schluck. Um die Situation zu bereinigen, würde sie wohl alles erzählen müssen ... die Umstände des Verkehrsunfalls und wer Lottis Vater war. Sie konnte ihre Tochter nach dieser Nacht nicht mehr in Ungewissheit weiterleben lassen. Mark Röder würde so schnell nicht aufgeben. Er hatte seine Hartnäckigkeit deutlich unter Beweis gestellt. Nur wie und wo sollte sie am besten anfangen?

Lotti begann, sich zu bewegen. Als sie die Augen öffnete, schloss Lea schnell die Augen, um noch einen Augenblick Zeit zu gewinnen. Aber Leas Sorge war unbegründet, denn Lotti drehte lediglich ihren Kopf und schlief dann wieder ein. Wenige Minuten später schnarchte sie sogar leise.

Lea versuchte, in Gedanken das Gespräch mit Lotti vorzubereiten, als es zaghaft an der Zimmertür klopfte. Durch den Türspalt sah Lea zuerst einen großen Blumenstrauß.

Der Strauß war so groß, dass sie gar nicht erkannte, wer sich dahinter verbarg.

„Raus hier!“, schrie sie laut, als Mark Röder im Zimmer stand.

Lotti wurde schlagartig wach und zuckte zusammen. Sie drehte den Kopf, erblickte Mark Röder und sah ihre Mutter, die gerade aus dem Bett sprang und auf ihn losgehen wollte. Lotti hatte plötzlich das Szenario der letzten Nacht vor den Augen.

„Hilfe!“, schrie Lotti aus voller Kehle und sah, wie ihre Mutter mit beiden Händen auf Röders Brustkorb einschlug.

„Du Schwein bist an allem schuld!“, schrie Lea mehrmals.

Plötzlich ging die Tür des Zimmers auf und eine Krankenschwester kam herein.

„Besuch für die Damen“, sagte sie freundlich.

Hinter ihr betrat Thomas Berger den Raum. Als die Krankenschwester die Rangelei bemerkte, schrie sie: „Was ist denn hier los? Aufhören!“

Berger ließ seinen Rosenstrauß fallen, machte ein paar Schritte auf Lea zu und riss Röder von ihr weg. Er holte aus und schlug ihm mit voller Wucht die Faust ins Gesicht. Mark Röder taumelte und sackte zu Boden.

Die Schwester lief aus dem Zimmer und schrie auf dem Flur der Station: „Hilfe! Hilfe! Schnell in Zimmer 7!“ Zwei Schwestern und ein Stationsarzt rannten ahnungslos in das Zimmer.

„Sind Sie verrückt! Was machen Sie hier!“, schrie der Arzt, der den Hilferufen der Schwester gefolgt war, Berger an. „Ich rufe sofort die Polizei!“, drohte er.

„Das brauchen Sie nicht“, sagte Berger ruhig und zeigte ihm seinen Dienstausweis.

„Der Mann muss behandelt werden“, sagte der Arzt besorgt.

„Keine Bange, das können Sie gleich. Ich leite ein Ermittlungsverfahren und habe seinen Angriff auf Ihre Patientin soeben beendet."

Lea hatte inzwischen ihre Tochter fest in den Arm genommen.

„Ich bitte Sie, uns einen kleinen Moment allein zu lassen. Sollten Probleme auftauchen, rufen wir Sie!", bat Berger forsch und erwartete, dass seinen Anweisungen nicht widersprochen wurde.

„Frau Engel, sind Sie damit einverstanden?", sicherte der Arzt sich kurz ab.

Lea nickte. Dabei hielt sie immer noch ihre Tochter fest an sich gedrückt.

Der Arzt und die zwei Schwestern gingen skeptisch aus dem Zimmer.

Röder stöhnte und drehte langsam seinen Kopf. Er fasste mit der Hand an seine blutende Lippe. Lea und Lotti starrten die beiden Männer gespannt an.

„Ich bin Hauptkommissar Berger von der Polizeiinspektion Schwerin", begann Berger. „Ich gehe doch recht in der Annahme, dass Sie der Erpresser von Lea Engel sind!", fuhr er fort wie in einem Kreuzverhör. Berger musterte ihn von oben herab mit seinen stahlblauen Augen.

„Ja", gab Röder kleinlaut von sich. „Was soll das Ganze?"

„Sie haben jetzt die Möglichkeit, zu schildern, womit Sie Frau Engel erpressen", bot Berger an.

„Nein, Thomas! Ich will es Lotti selbst sagen!", flehte Lea.

„Ist das mein Vater?", fragte Lotti plötzlich und sah ihre Mutter erstaunt an.

„Ja", antwortete Lea beschämt. „Er ist dein Vater."

„Ich habe es mir fast schon gedacht … nachdem er zweimal bei uns zu Hause war und immer irgendwelche merkwürdigen Geschichten über meinen Vater erzählt hat. Das kam mir schon eigenartig vor", sagte Lotti traurig.

„Herr Röder, erklären Sie doch mal, warum sie jetzt,

nach 15 Jahren, Frau Engel und ihrer Tochter ständig auflauern. Was wollen Sie?" Bergers Schlagader pulsierte, sein Gesicht war rot geworden. „Warum haben Sie keinen Unterhalt für Ihre Tochter bezahlt? Warum sind Sie vor 15 Jahren schon einmal, wie aus heiterem Himmel, in Schwerin aufgetaucht und wollten damals Lea Engel ihre über alles geliebte Tochter wegnehmen?", fragte Berger ihn.

„Ist das hier ein Familiengericht oder was?", erwiderte Röder patzig.

„Oder können Sie sich erklären, wie die rote Farbe in Frau Engels Auto gelaufen ist? ... Als Entschädigung hat Frau Engel ja dann ein Geschenk von Ihnen vorgefunden. Das Auto mit der Zahl 10000 ... Ist das die Höhe Ihrer Schulden oder wozu brauchen Sie das Geld?", provozierte Berger weiter.

„Was hat das alles zu bedeuten, Mama?", fragte Lotti und sah ihre Mutter an, die zitternd neben ihr saß und leise weinte.

„Bitte, Thomas. Lass es gut sein!", flehte sie Berger erneut an.

„Sie geben mir jetzt Ihren Ausweis und verlassen auf der Stelle das Krankenhaus. Den Personalausweis bekommen Sie von mir persönlich in der Polizeiinspektion wieder. Die Inspektion, die sich hinter dem Baumarkt befindet, wo es die blutrote Farbe gibt! Ich rufe Sie an! Die Telefonnummer hat Frau Engel ja auf ihrem Handy – dank Ihrer zahlreichen Anrufe ..." Bergers Tonfall war von Wut in Sarkasmus umgeschlagen. Er riss die Tür des Zimmers auf und brüllte Röder an: „Und jetzt raus! Sofort!"

Mark Röder stand auf, warf einen letzten Blick auf Lotti und verließ den Raum.

„Danke, Thomas." Lea stand auf und warf Röders Blumenstrauß in den Papierkorb. Anschließend sammelte sie langsam die langstieligen Rosen vom Boden auf. Ihre Augen hielt sie auf den Boden gesenkt.

„Es tut mir leid, Thomas, dass ich heute Morgen mit deiner Waffe abgehauen bin", flüsterte sie. „Ich hatte sie durch Zufall gefunden, nachdem Mark mich angerufen und mich mit 10000 Euro zum Museum bestellt hatte. Er drohte mir, meiner Tochter etwas anzutun oder mit ihr zu verschwinden! Da habe ich die Nerven verloren. Ich wollte ihn nicht töten, das musst du mir glauben! Ich wollte ihm Angst einjagen, damit er aus meinem Leben verschwindet!" Lea sah traurig zu ihrer Tochter.

„Lotti, ich wollte es dir schon so lange sagen … Es tut mir so unendlich leid, was heute Nacht passiert ist. Zwei Tote … weil ich mit einer Waffe ..." Sie begann heftig zu weinen.

„Mama, hast du eigentlich mal überlegt, was mir hätte passieren können, wenn es heute Nacht nicht zu dieser Katastrophe mit Hendrik gekommen wäre? Er hat mich nur benutzt, um an das wertvolle Gemälde heranzukommen. Er hatte vermutlich alles eiskalt geplant und die Waffe kam ihm im rechten Augenblick gelegen. Vielleicht hätte er mich als Geisel genommen und mich getötet ..." Lottis Tonfall war leise und klang seltsam monoton.

„Das können wir nicht ausschließen!", bestätigte Berger Lottis Vermutung. „Er war für einen Kunstdiebring weltweit tätig. Das habe ich heute Morgen von der Leitstelle erfahren. Er hat nach ersten Ermittlungen vermutlich noch das Leben einer Reinigungskraft aus dem Museum auf dem Gewissen."

„Mama, du hast dich bestimmt in meinem Vater damals genauso getäuscht, wie ich mich in Hendrik getäuscht habe", beruhigte Lotti ihre weinende Mutter und nahm sie fest in den Arm. „Wir haben beide den gleichen Fehler gemacht!"

„Aber ...", begann Lea.

„Nichts aber ...“, unterbrach ihre Tochter sie. „Ich weiß jetzt, wer mein Vater ist und was er dir angetan hat. Ich möchte nicht mehr wissen, wie genau es zu diesem Unfall damals im Winter gekommen ist. Was würde es denn ändern? … Ich sitze im Rollstuhl und bleibe im Rollstuhl! Wie blauäugig war ich eigentlich, als Hendrik mir versprach, mit Hilfe seines Onkels aus dem Rollstuhl herauszukommen. Auch das war bestimmt nur eine von vielen Lügen!“

„Aber ...“, setzte Lea erneut an.

„Nein, Mama! Du bist die liebevollste Mami, die man sich nur wünschen kann … es gibt kein Aber!“ Lotti nahm Lea in den Arm, und beide drückten sich und weinten vor Erleichterung.

„Ein Aber gibt es doch noch!“, mischte Berger sich sein. „Es wird ein Disziplinarverfahren für Thomas Berger eingeleitet werden, der nicht auf seine Waffe aufpassen konnte. Er hat sich seine Waffe von einem Engel klauen lassen. Engel quält man nicht, sonst werden sie böse, nicht wahr?“ Thomas lächelte Lea an und wollte die tränengeladene Situation etwas entschärfen.

Dann ging er auf Lea und Lotti zu.

Sie schauten beide gleichzeitig mit ihren verheulten roten Augen zu Thomas.

Er legte seinen rechten Arm um Leas Schulter und seinen linken um Lotti. Das Erlebnis hatte alle drei zusammengeschweißt. Niemand dachte in diesem Augenblick mehr an die schreckliche Nacht. Für sie begann ein gemeinsamer neuer Tag …

Danksagung

Ich danke Ihnen, liebe Leserinnen und Leser, dass Sie meinen Krimi gekauft und bis zum Ende gelesen haben.

Meinem Mann Steffen danke ich für seine Geduld mit mir, sein Verständnis und nicht zuletzt für seine fachliche Beratung hinsichtlich polizeilicher Aspekte.

Meine Testleser Dirk Zapfe, Angela Hillenhagen und Stefanie Roocks gaben mir wertvolle Hinweise, die ich auch in meinem nächsten Krimi nicht missen möchte.

Wenn Ihnen mein Krimi gefallen hat, empfehle ich Ihnen zwei weitere Bücher von mir:

„Besessen - eine Mordsidee“

„Süßer Schmerz – eine Mordsgeschichte“

Beide Bücher sind erhältlich bei Amazon.

Wenn Sie mir schreiben möchten, dann bitte unter dieser E-Mail-Adresse:
diana.salow@googlemail.com
Ich antworte Ihnen garantiert.

15461074R00069

Printed in Poland
by Amazon Fulfillment
Poland Sp. z o.o., Wrocław